푸른
시인선
013

발틱에 귀 기울이다

김민재 시집

푸른사상
PRUNSASANG

푸른시인선 013

발틱에 귀 기울이다

초판 1쇄 인쇄 · 2018년 5월 10일
초판 1쇄 발행 · 2018년 5월 15일

지은이 · 김민재
펴낸이 · 한봉숙
펴낸곳 · 푸른사상사

편집 · 지순이 | 교정 · 김수란
등록 · 1999년 7월 8일 제2-2876호
주소 · 경기도 파주시 회동길 337-16(서패동 470-6)
대표전화 · 031) 955-9111(2) | 팩시밀리 · 031) 955-9114
이메일 · prun21c@hanmail.net
홈페이지 · http://www.prun21c.com

ⓒ 김민재, 2018

ISBN 979-11-308-1338-7   03810
값 9,000원

발틱에 귀 기울이다

인생은 여행이라 한다
걷다 지치면 그 어디쯤에서
사소하지만 울림이 있는
시로 만났으면 좋겠다
해설을 써주신
전기철 교수님께 감사 드린다

2018년 봄
김민재

| 차례 |

■ 시인의 말 5

제1부 **발트해에 귀 기울이다**

13   시의 바깥을 가다

15   트램 타고 가는 중세 여행

17   중세 식당에서

18   해변

20   키스하는 학생

22   꽃 지다

24   낙서

26   냉담

28   어쩌다 트라카이 성

30   발트의 길

32   습지

제2부 동유럽에서 길 묻다

35   읽다

36   이상한 레시피

38   그늘을 지우다

40   페트르진 가는 길

42   거리에서

44   이발사의 다리

46   너를 만나다

48   미라벨 정원에서

50   오후에 내리는 꽃비

52   쓰다

54   빛

제3부 대서양이 말을 걸다

57   끝의 시작

59   에그 타르트 굽는 가게

61   나를 부른다

63   무릎걸음

65   가죽으로 남은

67   잘 계시나요, 엄마

제4부 지중해와 눈 맞추다

71   묵주알 산책로

73   덮어진 페이지

74   접시

75   올리브와 오렌지

77   폐허의 쓸쓸함

79   타오르다

81   오르티기아 섬

83   테아트론의 설법

85   늙음을 생각하다

87   무대를 두드리다 간 시간

88   아란치니

89   빗방울이 할퀴고 간 밤

91   바람에도 쇠가 있다

93   사라지다

94   골목의 뼈

96   구경꾼

제5부 **아라비아해와 손 잡다**

101   데칸 고원에 핀 꽃

103   인디오 여인

105   나의 빛나는 한때

107   릭샤 왈라

109   디아

110   화장

112   나의 수자타

114   전정각산을 가다

116   마하보디 사원에서 온 편지 · 1

118   마하보디 사원에서 온 편지 · 2

119   여기에 없을 100년 후의 나

121   불심은 안개 속

123   간다쿠티

125   룸비니 동산

126   무너진 왕궁

128   페와호

130   작품 해설   시의 바깥에서 길 찾기 — **전기철**

제 1 부

발트해에 귀 기울이다

상트페테르부르크

에스토니아

라트비아

리투아니아

시의 바깥을 가다
― 상트페테르부르크

이곳은 이반고로드 국경입니다

하얀 몸피 드러낸 자작나무 국경의 수비대처럼 싸락눈 휘
몰아치는 오월을 받아내고 있습니다 무겁고 장엄한 시의 선
을 넘기 위해 러시아 검사원의 무표정한 시간을 기다리고 있
습니다 늘 그랬겠지요 당신이란 멀고 높은 장벽을 넘기 위해
국경의 시간은 길고 시의 길이 더디게 오듯 점령군처럼 몰려
왔다 가는 행렬은 기다림으로 들끓고 있겠지요 오늘의 여기
도 눈으로 보아선 알 수 없습니다 파헤칠 수 없고 마음으로
만 알 수 있다는 러시아의 얼굴 봅니다 마치 당신처럼 이곳
의 공기는 차갑고 단단합니다 파헤쳐도 어디에도 닿지 않는
검은 공기로 둥둥 떠다니는 그것은 무엇일까요 당신과 눈 맞
출 수 없는 속수무책 기다림이 전부인 국경에서 오지 않는
시어에 두려움 모락모락 피어 오릅니다 회색 시대는 지나갔
지만 더디게만 가는 국경의 시간이 아슬아슬 지나갑니다

여기는 에스토니아 국경입니다
나르바강*이 그어놓은 국경 요일(水)이 물(水)로 흘러갑니다

나를 가득 안고 나만의 색깔 담은 시의 바깥을 향해 방긋
웃어봅니다

검사원에게 여권을 건네듯, 시를 향해

* 나르바강 : 에스토니아와 러시아의 경계로 흐르는 강.

트램 타고 가는 중세 여행

— 탈린

비루문 지나 중세로 가는 카타리나 골목 들어서면
돌담길 한 귀퉁이 담벽 일렬종대 액자들이 붙어 있어요
노쇠한 화가 여러 빛깔의 하루를 구겨 넣고 있어요
젖은 자갈길 휘졌으며 한 무리의 사람들 지나가고 있어요

꼭 액자 속 영혼 없는 얼굴 같아요
한자동맹*을 껴안고 길드의 문장들 이끌고 온 톰 성당 같
아요
검은 머리 전당에 양각된 표정 없는 흑인의 수호신 같아요
육백 년 전통의 약국 한 귀퉁이 전시된 이집트 미라 같아요
올데 한자* 앞 포장마차 아몬드 휘젓는 중세 복장 상인 같
아요

길드의 문장을 흑인의 양각 속에 접어 넣고
툼페아 언덕 멀리 세인트 올라프 첨탑 끝
중세의 기억들 담아내며 현재를 잇는 돌담 길
노화가의 손끝에서 복제화로 흐르고 있었지요

담벽 따라 나의 바깥을 향한 새로운 길이 열렸어요

발트해를 옆구리에 낀 중세의 거리에서 지금 내가 깨어나
고 있어요

내 안의 나이다가 내 밖의 나이다가 하나의 나를 실은 트
램이

등자 빛 레일 위를 지나가고 있어요

* 한자동맹 : 중세 중기 북해 발트해 연안의 독일 등 여러 도시가
뤼베크를 중심으로 상업상 목적에 결성한 동맹.
* 올데 한자 : 탈린에 있는 레스토랑.

중세 식당에서
— 올데 한자

어둠에 등 굽은 밤의 한 끼
오른쪽 탁자는 금이 간 채 막혔다
왼쪽은 빛을 모으다 희미해진다
접시는 야채가 구르고 눈동자 초점 오그린다
나이프가 식탁을 자르고
포크는 허공에서 눈썹달 그린다
어둠에 닿지 못하는 입들을
깊숙이 들여다본다는 중세 복장의 여자는
둥근 통에 빛을 가져왔다
움직일 때마다 출렁이는 낮과 밤이
굴러왔다 간다
렌즈 빛을 모으는 틈새로
사람들은 한 끼를 위해 어둠을 퍼먹는다
빛을 향해 겹겹이 입을 벌리고 쏟아 넣는다
나는 어둠을 닮은 어둠의 말들을 듣고 있다
리듬을 타며 따그락거리는 입들
어둠을 갉아먹는 촛불 하나
올데 한자를 물들이고 있다
밤의 한 끼 어둠과 맞부딪치며
입 안 가득 둥근 달을 삼키고 있다

해변

— 페르누*

여자가 와서 서 있다가 갔다
누런 빛깔의 해가 떴다

남자가 와서 앉았다가 갔다
푸른 물결이 지나갔다

내가 왔다
모래 위에 발자국을 새기며 걸었다
기억을 퍼먹으며 누군가를 생각하다
발자국은 지워지고
나를 생각하느라
모래는 씨앗처럼 흩날리고
사라진 내 발자국 찾지 못해 길 잃었다

해변으로 사람들이 몰려왔다
한낮의 그림자 따라 몰려다니는 사이
또 다른 길이 새겨지고
여자가 서 있던 남자가 앉았던

그 길로 내가 지나간다

* 페르누 : 페르누강 어귀와 리가만(灣) 사이에 있는 도시로 길이
  3킬로미터의 해변 모래톱이 있는 휴양지.

키스하는 학생*
　— 타르투

그대가 만든 그림자에 나를 끼워 넣으며
오월이 왔습니다

분수는 물방울 얼굴들 가득
무심한 듯 바람과 햇볕의 입맞춤에 오후가 지나가고
알록달록 빛을 버무리는 젊음은 광장을 적십니다

불꽃으로 솟구치는 순간 나의 일부가
그대 맘속으로 흘러들어
은밀하게 고백하는 호흡은 깊어지고
우린 침묵으로 서로의 시선을 비켜가고 있습니다

거리의 연인들 우리처럼 서로의 입술 포개고
관중들 뜨거워진 볼 막 훔치며 지나는 중
가로등 반짝이며 스크럼 짜는 저녁은
내 것이 아닌데 내 것인 양 솟구치는 물줄기
사랑의 온도 곡선으로 채워놓고 갑니다

무색에 무색을 덧칠해도 무색인 감정

무덤같이 무겁고 기이한 공기 묻어나는

우리의 등 뒤 연두에 물드는 토메매기 언덕

천사와 악마의 다리 꼭 끌어안고

유월이 오고 있습니다

* 키스하는 학생 : 1998년 제막된 타르투 시청 앞의 분수 동상.

꽃 지다

— 리가

이제 기사단의 화려함은 없네

해거름 노을로 감싸 안은 검은 머리 전당

검은 얼굴의 장식만이 광장을 이끌어갈 뿐

브레멘의 음악 소리 들리는 듯

네 마리의 청동 동물

자유와 희망을 찾던 그들은 지고

우리는 그저 내일을 가고 있을 뿐

중세 영주가 탐하던 권력과

성 모리셔스*는 나타나지 않아

검은 망토를 걸친 수호신 또한 없지

출납부 들끓던 공동체에 몸 담그고

조급해하던 시대도 갔어

길드의 길은 구부러지고 한자동맹 사라진

롤랑*은 리가를 방패로 문장에 새길 뿐

길드의 꽃이 진 뒷골목

돌바닥 푸릇푸릇 향기 따라 걷는

마리냐가 준 소녀의 인생*이

발목 붙잡아 자꾸 돌아보게 하네

* 성 모리셔스 : 서기 80~300년 사이 스위스에서 순교한 이집트 출신의 흑인 성인.

* 롤랑 : 중세 무역상의 수호신.

* 마리냐가 준 소녀의 인생 : 심수봉의 노래 〈백만 송이 장미〉의 원곡.

낙서
— 구트마니스 동굴*

생각이 하트를 만들다 말고
두 팔로 안아본다
허공의 그대
하트는 구름처럼 가볍고
바람 같다

입구는 기울어지고 그림자 틀어진다
몸을 관통하는 바람
동굴 벽에 새겨진 맹세
마이야와 빅터 헤일은
기억을 깨운다

우리의 시작과 끝은 여기까지
마음은 멀고
두 팔은 가깝고
그대를 안을 수 없는 글자는
계속 흩어지다 먹물로 번진다

희미해지는 의식 모아
가우야강의 눈물 속에 피어나는
오늘

누군가 날 부르는 소리
몸은 빠르게
마음은 느리게
장미꽃 진다

투라이다의 장미*로 가는 길
공기는 무겁고
고요하다

* 구트마니스 동굴 : 폴란드 군인에게 살해당한 마이야와 정원사
  의 사랑 이야기가 담긴 사암동굴로 시굴다에 있음.
* 투라이다의 장미 : 마이야의 묘.

냉담
— 샤올레이

쇠 십자가 하나 뽑아 왔어 도만타이 언덕엔 십자가* 차고
넘쳐서 몰래 가져온 하나쯤 괜찮을 거야 그날 일은 조금씩
잊었어 나는 일요일의 성당에 오랜 냉담 중이지 그렇게 긴
잠을 자는 중이야

십자가 언덕을 떠올린 건 거실에서 쇠 긁히는 소리가 났기
때문이었어 끼긱 끼리릭 소리가 반복됐어 일정한 간격을 두
고

꿈꾸는 거겠지 하고 흘려버렸지

냉담 중이라서 말이 필요 없고 그냥 무심함을 무심해하며
지내려 했어 심장에 심었던 십자가 뽑아 아침을 가로막고
선 어둠에 걸어놓았지 그런 나를 묵주에 걸린 십자가는 붉
게 녹슬어가며 노려보고 있었지

그날의 간절함이 함께 떠올랐을까 독립을 기원하는 십자
가 속에는 시베리아로 끌려간 쇳조각이 있고 KGB에 벌목된

나무둥치가 이토록 많다는 것 이 언덕에는 수백 명의 죽음
이 수만 개의 십자가로 남아 있어 냉담 중인 내 기도는 충분
하지 못해 다시 그곳에 세워두고 싶어

그들은 앞을 보았던 거야 절실함은 다리가 되었지 언덕을
가로 막으면 십자가는 한밤중에 찾아왔어 집요하게 언덕은
십자가로 완성되려고 애를 써도 완성될 수 없지 나무는 썩
어가고 쇠는 삭아들고 있어

십자가의 쇠는 쭉 찌르겠지 냉담중인 나를

* 도만타이 언덕엔 십자가 : 1831년과 1863년에 일어난 반러시아
  봉기 때 희생된 사람을 기리기 위함.

어쩌다 트라카이 성

— 리투아니아

어쩌다 나는 여기까지 왔습니다
좋아서 그대와 함께
이 명랑한 갈베 호숫가 물빛에 물들고 싶습니다

어쩌다 나는 여기까지 왔습니다
슬퍼서 그대와 함께
이 바람 속 요트의 눈물까지 받아내고 싶습니다

어쩌다 나는 여기까지 왔습니다
아름다워서 그대와 함께
무수히 올렸다 내린 닻에 그대 모습 닮고 싶습니다

어쩌다 나는 여기까지 왔습니다
고요해서 그대와 함께
아무것도 아닌 일상으로 이 성에 살고 싶습니다

어쩌다 나는 여기까지 왔습니다
그림자 같은 생이 지루하지 않도록 그대와 함께

망루 끝에 앉아 바라보는 호수

어쩌다 나는 여기까지 와서
그대와 함께 이 목숨 아낌없는 사랑으로
연소되고 싶은 걸까요

발트의 길*

길을 열고 사슬 만든다
손끝에 국경 잇고
발끝엔 독립의 길로
자유의 노래 불렀다
발트의 밤은 색깔이 없고
시베리아의 바람은 차갑다
길 위에 펼쳐진 연결고리
눈빛으로 매듭짓고 있다
빌뉴스의 자유 라이스베스
리가의 자유 브리비바
탈린의 자유 바바두스
길 위에 꽃이 피었다
물방울 하나하나가
소금 알갱이 하나하나가 만든 발트해
지금은 서로가 서로에게 몸 뭉개는 순간
우리는 검푸른 밤의 눈을 떴다
창문을 열고 성당의 종소리 듣는다
15분의 기적을 뿜어냈다

입에서 입으로 스테부클라스

피 흘리지 않고 이룬 기적 시작점에서

나는 길 위의 사람들 담았다

사슬의 표지석에 맨 몸 실었다

600킬로미터의 길 위에 생의 무게 묶었다

* 발트의 길 : 1989년 8월 23일, 소련과 나치 독일의 비밀 협약에
  나라를 빼앗긴 지 50년 되던 날, 발트 3국민 200만 명은 600킬로
  미터의 인간 띠로 발트의 길을 만들어 자유를 외친 2년 뒤 독립
  됨.

습지

— 라헤마*

    고요로 만든 습지가 있습니다 습지는 안개로 가득 차고 포식자들의 기억은 호수 깊이 가라앉아 있습니다 팔름세 궁전 정원 사이사이 야생화 솟았습니다 한 무리의 사람들이 소요를 끌고 궁전을 휘감아 돌고 있습니다 정원의 나무들 휘어진 오후를 다시 펼쳐놓습니다 나무뿌리 뽑힌 흙 사이에서 야생화 무리들이 졸고 있는 팔름세 궁전을 바라보고 있습니다 햇볕은 부드러운 손길로 궁전을 물들이고 평화로운 오후가 꽃술로 번지는 습지에 찾아오는 사람이 없습니다 아무도 찾지 않는 습지가 어둠으로 물들어갑니다 궁전의 그림자까지 호수에 잠깁니다 알 수 없는 무리들이 늪지대를 건너와 궁전에 고요를 묶어놓고 사라집니다

* 라헤마 : 에스토니아의 북부에 있는 국립공원(1971년 제정).

제 2 부

동유럽에서 길 묻다

체코

오스트리아

헝가리

읽다
― 프라하 · 1

몇 번이고 뒤돌아본다 무엇인가 읽은 것 같은데 기억이
없다

바츨라프 기마상 앞 얀 파라프와 얀 자이츠*의 혁명을 다
읽어버린 것 같은데

트램 카페에 앉아 생각에 잠긴다 소낙비 후두둑 어깨를 친
다 빗방울 그 사선의 방향을 읽어간다

어렴풋이 보이는 것과 보이지 않는 난해한 글자가 돌 틈
사이로 번진다 눈동자 광장을 돌다 그만 행간을 놓치고 오
늘 본 혁명의 한 부분이 접힌다

묘비명 앞 햇빛이 밑줄 긋고 바람은 꽃다발을 넘기고 있다

몇 번이고 오가며 나타났다 사라지는 유령 같은 그림자들
속에서 내가 읽은 프라하의 봄을 가늠하는 사이 잠시 놓친
행간 속 문장들이 보인다

* 얀 파라프와 얀 자이츠 : '프라하의 봄'을 탄압하던 소련군에 저
  항하며 21세의 나이로 분신 자살한 찰스대학 학생.

이상한 레시피
― 프라하 · 2

날계란과 와인 반죽에 건설된 석재 다리 카를교
내가 로맨스 주인공 같아서
'은하수 다리' 견우와 직녀의 만남이 이룬
속살로 스며든다
톡 톡 톡 튕겨보는 뒤꿈치의 감촉도 느끼면서

운호슈티*의 크림치즈를 곁들인
부드러움 뒤에 오는 피터 파를러*가
슬픔으로 먹먹하여 괜스레 고개를 숙이다가
악사들 연주곡에 귀 기울이며
이스트 없이는 부풀 수 없는
그러나 혼자서도 잘 부풀 수 있어
나를 만나 여기까지 건너온 오늘

벨바리의 익힌 계란은 전설 접시에 담고
반죽된 힘으로
블타바강에 꼿꼿이 산 600년의 의젓함
나를 닮은 것 같아 울컥

아무도 모르는 사람들 가득한 이곳에서
누구에게도 들키고 싶지 않은
또 다른 마음 접어 블타바강에 뿌리고
이상한 레시피로 건설된 다리 난간
성인상들 보다가 너에게 전하는 안부

내 사랑이 때론 황무지였고
질척한 반죽덩어리인 채
뒹굴어 왔을지라도 혼자 부푼 만큼
나의 미래는 한낮의 청춘 같아서
너에게 다 전하지 못하는
나만의 레시피 밖으로
살금살금 까치발 내딛는
초여름 한때

* 운호슈티 : 마을 이름.
* 피터 파플러 : 건축가 이름.

그늘을 지우다
— 프라하·3

비가 나를 이끌고 온 비셰흐라트 국립묘지
살아서 이룬 공적 죽어서 빛이 된
프란츠 카프카가 잠든 슬라빈의 아침
죽어서 산 자보다 살아 있어 빛이 되고 싶은
내 안의 어둠 겨워낸다

등짐 지고 산 기억의 뼈대
지워지지 않는 그래서 지워야 하는
깔끄막 길 늘 숨이 찼던 나를 털고 있다

대리석 묘지에 죽은 자의 양식이 된
몇 개의 꽃송이 묘비명에 부딪치며
빗금 긋는 빗줄기는
살아 있는 자와 경계를 이루며
곡선의 우산 끝 물방울 뚝뚝
적요의 바람이 눈물 말리고 있다

이별의 방식도 모른 채

이별을 습득한 자의 잃어버린 사랑이 젖어 가는

죽은 자들의 써늘한 기운이 뒷목을 잡는

스메타나 묘역 돌아온 어제의 내가

성 베드로와 바울 성당 탑 사이

그늘에 지워지고 있다

페트르진 가는 길
— 프라하 · 4

우예즈드 한 단 한 단에 서 있는 조각상
인간 본성 상징성과 만납니다

자유의 열망 무거워 구분할 수 없이
훼손된 채 좀비처럼 서 있습니다

공산 정권에 피폐해진
억압의 표정들이 구름을 붙잡고 있습니다

해그림자 지는 위령비 무겁게 지나
말랑말랑한 길은 접어두고 푸니쿨라 탑니다

날갯짓에 실려 온 소리의 근원지 속
장미 정원 팔랑 뱀눈나비 가득합니다

야생화 흐드러진 잔디 공원
청동상 사이에 낀 아빠와 아기
무언의 대화가 그림엽서 같습니다

나와 아들은 엽서의 배경이 되어 결을 이루며
어두운 쪽으로 기우는 그림자와 함께
가만가만 걷습니다

에펠탑 모양 전망대 아득하고
스트라호프 수도원 종소리조차
길게 눕는 어둠에 가려집니다

거리에서

— 프라하 · 5

네루도바 길 걷는다
사드락 사드락 맨발의 언덕 오른다
덧문 달린 상점들을 뿌리치고 걷다
눈 맞춘 하우스 사인
골목과 건물이 서로를 껴안고 있다

47번지 두 태양의 집 건너
시인 얀 네루다의 집 지나
메두사 머리의 집 앞에 앉아
인물화 찍는 프라하의 햇빛 푸르다

골목 끝
다시없을 오늘을 걷는 벽과 벽의 간격은
너와 내가 되는 풍경의 저편
수백 년 문 두드리며 골목 빠져나갔을 장인들 숨결
소소한 이야기를 엮어 바람으로 전하는
어제의 뒤는 오늘의 앞

내가 걸어온 앞과 뒤는 어떤 그림이었던가
몸속에 자라고 있던 씨앗 하나 꿈틀거린다
나의 내부를 파먹고 익은 욕망의 씨앗
몸의 벽에 발길질이다

내가 온 곳으로 가기 위해
지금 지나가는 중

이발사의 다리
— 체스키 크롬로프*

모든 건물들 반듯해지기 위해 구불구불 길을 만들고 있다

라제브니키 귀퉁이에 앉아 아버지를 생각한다
내 삶의 정면에서
기울지 않도록 지탱해주는 기둥
건물이 반듯해지도록 많은 골목이 지워진 것처럼
나의 앞면을 위해 얼마나 많은 뒷면을 삭혔을까
정신병 남편 손에 목 졸려 죽은 딸 옆
이발사가 건너야 하는 성의 옆면은 얼마나 각이 졌을까

고백하지 않으면 재가 되어버릴 것 같은 마을
오지 않는 오늘의 오늘로 사라진 다리의 끝
오래 잊고 있었던 아버지의 뒷면은 이발사의 옆면
그들의 배후에는 딸이 있다

건너지 않으면 무너질 것 같은 비 갠 저녁
잠시 마음 내려놓고

나는 어쩌다 혼자가 되었는지
왕자는 어쩌다 정신병자가 되었는지
이발사는 왜 허위 자백을 하게 되었는지
아버지가 삭혀낸 세월의 뒷면에 서서
오늘을 두루마리 화장지처럼 말아가고 있다

그림자가 만든 성의 각도와 기울어진 골목이 만나
모든 건물은 반듯해지고

나는 아버지의 정면을 볼 수나 있을까

* 체스키 크룸로프 : '체스키'는 체코를 뜻하며 '크룸로프'는 구불
  구불한 길.

너를 만나다

— 비엔나

이곳은 보관의 도시
오래된 시간도 관람할 수 있는
황금 색채의 세계
그를 찾아 벨베데레 궁전 간다
오래된 시간도 불러낼 수 있는
구스타프 클림트 작품 앞에 섰다

수수께끼 화가의 일대기와 일화는 알 수 없어도
내가 원하는 것이 무엇인지 작품을 보고 찾으라고*
귓바퀴를 뱅뱅 돈다

시대를 뛰어넘는 에로티시즘의 화신
나신의 여성상에 벌거벗은 진실을 담은
은폐돼온 성을 벗김으로 인간을 재발견할 수 있으리라
믿음의 시작을 연 그가 궁금해져
빛 그 화려한 색채를 만지다 나를 본다

이곳은 〈키스〉의 플뢰게와 〈유디트〉의 아델레*가

고혹적으로 기대어 있는 곳

그림 안에 원하는 것이 무엇인지 만나고 싶다

화가의 마음으로 그림을 읽기 위해

수천 번 모작을 보았던

볼 때마다 읽지 못하고 자꾸자꾸 멀어지고 마는

* 내가 원하는 것이 무엇인지 작품을 보고 찾으라 : 클림트의 말.
* 플뢰게, 아델레 : 에밀리 플뢰게와 아델레 블로흐바우어. 클림
  트의 작품 속 모델.

미라벨 정원에서

— 잘츠부르크 · 1

알겠습니다
내 상처가 너무 붉다는 것을
장미꽃 가시가 찌르는 상처 움켜쥐고서는
당신 손 잡을 수 없다는 것을
상처도 아물지 않으면 당신 맨살 짓무르게 하는
아픔이 된다는 것을

페가수스 청동상 분수 솟아오르듯
우리 사랑도 한때 그러했지요
한 번씩 솟는 물기둥 찬란하듯
그냥 내 생각이었을까요

도레미 송 분수 뱅글뱅글 돌듯
볼프 대주교와 살로메의 사랑은 흔들리지 않고
금지된 사랑도 꽃피었지요

우리 또한 꽃바람처럼 흔들리지 않을 거라
했던 내 마음 접고

분수 물줄기 떨어진 둥그런 연못 봅니다

청동상 발아래 맺힌 물방울
모차르트 미완성 레퀴엠 듣고 있었을
콘스탄체*의 눈동자에 맺힌 그 짠물

악보에 찍힌 먹처럼 놓여 있습니다, 나는

* 콘스탄체 : 모차르트의 부인.

오후에 내리는 꽃비
— 잘츠부르크·2

생의 오후에 꽃비 내린다
사랑은 허공을 날고
마카르트 다리 자물쇠 가득 흔들린다
누군가 걸어놓은 사랑의 징표에서
그대의 숨소리가 휘파람으로
귀를 스친다 환청처럼
바람이 내는 소리에서
모차르트도 지나갔던 한때의 햇볕이
다리 위에 악보를 그리고 있다
악보는 읽을 수 없어도 허밍으로
먼 곳에서 날고 있는 당신에게
레퀴엠*을 전해본다

당신이 살다 간 생의 오전은 지나갔다
나의 오전도 지운다
나를 받치고 있는 아들은
서로에게 스미는 기둥
견고하게 든든한 자물쇠 묶는다

불안의 한끝 채우고 돌아서는 마카르트 다리

따뜻하게 흐르는 한 줄기 눈물

소매 끝으로 훔치며 돌아본다

투명한 한 방울 잘차흐 강물처럼

빠르게 흘러가버리는 일

다시 사랑은 이렇게 오는 것

세레나데 13번으로 울리는 잘츠부르크

내 생의 봄날 꽃비 날린다

* 레퀴엠 : 천사가 죽은 자를 위해 부르는 곡.

쓰다

— 드레스덴

젖은 유람선이 엘베강에 노닐고 있다
프라우엔 성당 테라스에 앉아 소시지를 먹다
하루를 기록한다
페이지는 넘겨지지 않고
생각은 모자 속에서 꺼낸 순간을 쓰다 버리는
물의 시간
지나치고 온 풍경에 골몰하다
토해놓지 못한 단어들이
벤치에 나열된 이국의 표정 안에 꿈틀거린다
쏟아지는 햇볕에 사라지는 산책길
순간 모든 글자들이 슈탈호프 벽
군주의 행렬*로 몰려왔다 간다
아우구스투스 거리에서 시를 향한 구두점을 찾지 못해
갈증은 해소되지 않고
머리로 가지 마시오 가슴으로 쓰시오
생각을 물 위에 던져보며
얼마나 멀리 떨어지는지 관찰하는 동안
글자는 문장이 되어 머리 위로 날아간다

츠빙거 궁전 분수대에 그림자 던지며

빛은 프라우엔 성당 첨탑에 밑줄 그으며

* 군주의 행렬 : 작센 왕국의 군주들을 그린 벽화.

빛

— 부다페스트

　세치니 다리의 노을은 노랗다 황금 알갱이 보슬보슬 꾸려 놓은 강물에 빛이 굴절되는 황색 시간 국회의사당 정원 푸른 여인들 사랑이 뜨겁다 나는 시각을 잃은 앵무새처럼 너무 예뻐서 보이지 않은 그저 아름답던 오래된 목소리 더듬어본다 내가 불러도 넌 듣지 못하는 아득히 먼 어부의 요새에 가려진 부다 왕궁을 걷다 수난의 역사를 지닌 여기 너로 인해 까만 밤에도 하얀 하늘이 있음을 알았다 강물 빛 쏟아지는 그 끝에서 밤의 저 끝은 하나라는 것 일상이 울컥 토해지는 부다페스트의 밤 내 눈물 마차시 성당 모자이크에 노랗게 물들어 도나우 강물에 수천 개의 해로 떴다

제 3 부

대서양이 말을 걸다

포르투갈

모로코

끝의 시작
― 로카 곶

대륙의 서쪽 끝

바깥은 바다로 쏟아지는 낭떠러지 위험하다고 울타리 둥근 나무 꽝꽝 박혀 있다

대서양을 밀고 온 하얀 포말 아찔한 아름다움 속으로 사라진 폴란드 부부의 추락사는 전설로 붐빌 뿐

그래도 뒤꿈치 들고 셀카봉 넘나드는 여기 기웃기웃 일렁이는 빛의 파랑 찬란하다

그러나 울타리 안 소복소복 움츠린 채 꽃 피운 십자가 이정표탑*에 가려 바다를 볼 수 없는 키 작은 선인장 흔들거리며 무리지어 바람에 안부 묻는다

먼 그대 그리듯 벼랑 끝에 걸친 꽃들의 안쪽 궁금하나 보다 흔들거림 끊임이 없다

그래 그렇게 이어가는 로카곶은 대항해시대를 부르는 꽃
동산 오늘도 환하게 고개 들고 있다

* 이정표탑 : 포르투갈의 서사시인 카몽이스의 글 'Aqui Ondi a
Terra se Acaba e o Mar Comeca(땅이 끝나고 바다가 시작되는 곳).'

에그 타르트 굽는 가게
— 리스본 · 1

보름달 타르트 굽는 중

달달함을 사기 위해

여행자들 가득한 파스텔 드 벨렘*

나는 긴 줄을 기다리고 너는 서둘러 떠난다

계산원의 손끝이

햇빛 알갱이처럼 슈가 파우더로 뿌려지는 오후

통유리 안에서 퍼지는 냄새

맛을 구애하듯 주문서 쌓여간다

마감 직전의 원고를 다듬듯

아줄레주 벽에 기대 앉아 생을 보듬는 노부부

페이스트리 바삭거리듯 겹겹의 젊은 연인들

젖은 솜처럼 바라보고 있는 나를 만나고

홀로 오늘을 이끄는 지구 반대편 아버지가

자꾸 시간 밖으로 미끄러진다

얼룩진 상처 먼저 구워낸다는

가게 아가씨의 촉촉하게 포장된 미소가
오븐에 눌어붙어 부풀지 못한 채
바스러진 빵처럼 보인다

구름 한 점이 빛살 위로 손을 내밀듯*
글을 쓴다는 페르난도 페소아처럼
나도 한 음절의 시어에 손 내민
가을날의 주문
긴 줄의 지루함은 그렇게 얻어진다고 중얼거린다

  * 파스텔 드 벨렘 : 리스본의 에그 타르트 원조 가게.
  * 구름 한 점이 빛살 위로 손을 내밀듯 : 포르투갈의 시인 페르난
    도 페소아의 시 「양떼를 치는 사람」 중 인용.

나를 부른다
― 리스본 · 2

아밀리아 로드리게스가 나를 부른다

검은 돛배*에 귀를 열고

한이 깃든 바다의 노래 듣는다

대서양 깊은 곳에서 길 잃은 그대

사우다드 파두

들을 때마다 슬퍼 그만 듣고 싶은데

자꾸 뒷골목으로 이끄는

그녀의 목소리

알파마 거리가 나를 안아주는 구석진 곳에서

숙명의 노래를 줍는다

검은 돛배 항구에 닿을 수 없어

깊은 곳에 메아리로 오는 밤에 젖어든다

그녀를 감싸 안은 검은 망토

밤바다에 미역처럼 흔들거리며 그림자를 먹어치우듯

파두 박물관에 잠든 목소리

상 페드루 지 알칸타라 전망대*에 앉아

나로 존재하는 것이 피곤하여 나로 존재하지 않는*
나의 노래로 부른다

* 검은 돛배 : 포르투갈의 대중가요 파두의 한 곡.
* 상 페드루 지 알칸타라 전망대 : 영화 〈리스본행 야간열차〉 촬
  영지.
* 나로 존재하는 것이 피곤하여 나로 존재하지 않는 : 페르난도
  페소아의 『불안의 책』에서 인용.

무릎걸음
— 파티마

우리는 젖은 코베 다 이리아 광장*을 걷고 있다
우리는 서로 원하는 것이 무엇인지 모르는 척했고
거대한 묵주*와 십자가 앞을 무심히 지나갔다

하얀 대리석 길에 반사된 빛 속으로
무릎걸음 피멍의 기도 행렬 장열하다
성모발현예배당에 도달하기까지
고행의 빗길 속을 수없이 걸었을 무릎걸음

고통에는 깊이가 있고 내면이 있어
무릎걸음으로 걷는 고통에서
소련의 붕괴를
종교의 박해를
교황의 암살을
이뤄낸 바실리카 성당

예언의 깊이에는 고통이 있고
빛나는 내면의 힘이 있어

끝없이 앞으로만 걷는 무릎걸음

우리는 고통의 깊이와 내면을 외면하다
행렬이 만든 아름다운 무릎 앞에서
파티마의 기적을 얻고 싶은 우리를 본다

무릎걸음에 전해지는 기도의 간절함
우리는 마음속 무릎걸음으로
수만 번째의 우리를 건너는 중이다

* 코베 다 이리아 광장 : 바실리카 대성당 앞 광장.
* 거대한 묵주 : 성모 발현 100주년 기념 묵주.

가죽으로 남은

— 페스

낙타가 사막을 지우고 있다
몇 번이나 뒤돌아보았을 낙타의 눈물이 부풀어 있다
테너리 안 비둘기 똥에 기름과 살점 벗고
가죽으로 빛나는 부드러움
생피로 얻어지는 게 아니어서
수만 번의 발힘이 탄생시킨 색과 빛의 온도

낙타의 등
봄날 한때 풀잎 가득한 언덕이었을 것이다
바람을 끌고 적색 평원 횡단하는 생이었을 것이다
그러나 가죽으로 빛나기 위해 굽이굽이 건너온 생애
무두질의 구부러진 시간을 쌓고 있다

말렘*의 손길 지나
사하라를 질주하던 낙타의 뼈에서
서걱서걱 모래알 빠지는 소리 듣는다

사막이 토해내는 모래먼지에

생피 쏟는 낙타의 울음
또 한 번 다른 생을 건너나 보다

낙타
샤프란 가죽으로 노랗게 물든 일생 헤아려보다
구천 개의 미로 골목에서 길 잃고
가죽으로 남아보면
비로소 보여지는 것 속으로 손을 넣는다

나는 지금 사막의 모래바람 같았던
내 안의 나를 어루만지고 있다

* 말렘 : 가죽의 털을 벗기고 무두질과 염색을 하는 장인.

잘 계시나요, 엄마

— 사하라

잘 가셨나요
여행 떠나신 지 어느덧 여섯 해
아틀라스 산맥 넘으며 뼈 한가득 내놓고
대서양을 건너면서 살 한 점씩 덜어내며
어디쯤 안착하였겠지요

살은 물로 뼈는 흙에 터럭들 바람으로
에그리 체비 붉은 사구에 묻어두고
이제 호젓하지요 엄마

어디쯤 계신가요 휴대폰이 꺼져 있네요 오늘이 궁금하지
않나요 아버지가 위암 수술로 가벼워지시고 막내는 면사포
에 내일을 그리고 있어요 이 밤에는 오셔서 예쁜 성아 손 잡
아주셔야지요 "거 돈도 안 되는 시는 뭐더러 쓰믄서 늘 아프
냐" 하시던 그 돈 안 되는 셋째를 출산하려 합니다 그래도
'애썼다' 하며 안아도 주시고 자식들 살기는 안 힘든지 물어
도 봐주세요

아무것도 아닌 아주 잠깐인 생 서로 토닥토닥 그렇게 내 등 밟고 가려무나 멋쩍게 웃으실 엄마 어디로 흘러가고 계신가요 당신이 그립습니다 무덥고 메마른 봉분 위로 바람 지나 갈 때면 풀들은 숨고 낙타 무리에 모래알이 달아나는 이 바람을 어떻게 해야 할지 모르겠어요

엄마 가시고도
따뜻한 밥이 있고
나무는 자라고 열매 맺으며
사계절은 돌고 있어요

화석 사구로 남은
그곳, 그곳대로
아무쪼록 안녕하시길

제 4 부

지중해와 눈 맞추다

스페인

시칠리아

몰타

묵주알 산책로

　― 바르셀로나

둥근 돌 한 알 한 알 만질 때마다
관절이 삐걱거린다
온 뼈 마디마디 연골로 박혀 있던
성모송이나 주기도문 같은 영광송이나 묵주기도
외면한 세월이 부끄러웠나 보다

어느 날 무심한 듯 아들이 건네주던
바티칸에서 건너온 장미목 묵주
산책로에 펼쳐져 있다
문득 여기까지 따라온 것 같아
왈칵 마음이 쏟아진다

레지오 시절 들추어보다
아직 내 안에서 꿈틀거리고 있는 기도문
믿음은 멈춘 것이 아니라 지나가는 것
여기 이 자리에서 또 다른 내 모습으로
다가가고 있다

기도하는 마음으로 걷는 구엘 공원 산책로

둥근 돌 만질 때마다 자꾸 온몸이 아프다

카르멜 언덕 틈틈이 박히는 햇볕이

하얀 미사포처럼 펄럭일 때

장미목 붉은 묵주

알알이 연골에서 삐져나오는 듯

덮어진 페이지

── 몬세라트

나의 성모는 양떼를 몰고 떠났다
기도는 늘 휘청거렸고 벽을 만든다

잠시 목 축이듯 촛불 봉헌
내면의 황무지에 모래바람 덧칠한다

어디쯤에서 덮었을까
내 마지막 성소

냉담 그리고 냉담
나는 검은 성모상과 순례자들 틈에
끼어 미동이 없다

다시 양 떼 몰고 올 내 안의 성모는
아직 기도의 벽 뚫지 못했다

천 년도 전 수도사 바위틈 비집고 나온 성지
첫 페이지 펼치지 않았다

집시

― 플라멩코

어쩌다 여기에 있나
나를 가두었던 것들이

내 근원지가 어딘지 묻지 않는다

오늘도 유랑의 끝에
내 발끝과 뒤꿈치는 뒤집히고
밤은 달빛을 받아 리듬을 탄다

자꾸 엇박자로 돈다
겹겹이 내 흔적 긁고 뒷걸음치는
힘들게 여기까지 왔다

안다
나를 가두었던 저 안쪽의 뿌리가
이곳까지 이끈 리듬이
생각은 먼 곳에 두고
몸은 가까이 있어야 한다는

올리브와 오렌지
— 카타니아 가는 길

나무끼리도 끼어들기를 하나 보다 바람 한 올 햇살 두어 점 서로 모시려고 푸른 잎 퍼덕이는 곳 먼저 도착한 나이 많은 올리브 나무는 늦게 당도한 어린 오렌지 나무 그늘을 그린다

노란 야생화 언덕 위 초록 옷 입은 올리브 옆 붉은 오렌지가 열매를 던지며 내 땅이라 우기기도 하지만 가끔씩 서로가 서로를 증명하며 여린 손 내밀기도 한다

올리브 숲에도 구부러진 길 있으니 제 갈 길이 어딘지 말해주듯 빛과 빛은 새로운 길을 만들며 카타니아만의 색깔을 만들고 있다

마음으로 보는 올리브가 아니라면 제 몸 열어 오렌지가 속에 있는 햇빛을 어떻게 분배하는지 알 수 없듯 바람 한 올 붉은 길 내어 농익어가는 오렌지 나무 숲 한가운데 맨발로 걷는다

내가 만든 지름길이란 애당초 없는 것 오렌지 몸에 엉키는 지중해의 바람 몰고 와 사방팔방 안착하는 여기 우거진 통로 사이 외줄기 햇볕 길을 내어 그늘이 더욱 선명해지는 나무와 나무 사이

폐허의 쓸쓸함
― 신전들의 계곡 아그리젠토

비아 사크라 길을 걷는다
계절에 뒤틀린 올리브 나무
신전들의 그림자를 지우고 있다

문명의 자취와
사라진 시간의 내력을 기록하듯
여덟 개의 기둥만이 지중해를 품고 있는
헤라클레스 신전

무한한 욕망을 쫓다 추락한
이카루스의 날개 잃은 청동상 위로
빛 뿌리는 아몬드 꽃비 하얗게 물들이는
콘코르디아 신전

권력의 밀랍 날개를 달고
높이 더 높이 날다 추락한 자들의
민낯 볼 수 없어 붉은 응회암 돌무더기 된
제우스 신전

폐허의 바위 돌 몸을 웅크리다
내 속으로 들어와
지층 한 기둥을 세우며
텔라몬을 통해 말하고 싶은 것 무엇일까

디오스쿠리 신전으로 가는
하루쯤은 폐허가 된
역사의 한 귀퉁이에 앉아
조금은 쓸쓸해도 좋을

타오르다
— 카타니아

너처럼 살아보고 싶어 꼭 한 번
어둠 속 몸을 웅크린 채
내 속에서 웅성거리는 소리 듣고 있어

몸 속 용광로
사방으로 솟구치고 싶어 분출구 찾는
티폰*의 몸이 꿈틀거리는 에트나

끓어오르는 힘 삭이지 못해
화산재 뿜어 시칠리아를 들이받고
조각조각 화산암 건물들로 노닐고 있어

남들보다 다르게 살고 싶어 단 한번
지구가 흘린 눈물의 샘 속
검은 얼굴로 걸려 있는 에트나

나를 통과해 너를 스캔하며
분화구 뚫는 그 활화산에

너를 온몸으로 받아들이고 싶은
내 붉은 울음소리 들리는지 귀 기울여봐

네 몸을 덮치고
불덩이 발자국을 남기며 블랙홀로 가는
핏빛 웃음소리 타오르는 에트나

  * 티폰 : 그리스 신화 속 괴물. 제우스 신이 티폰을 물리치고 산
   아래에 가두었으며, 티폰의 몸부림으로 화산 활동이 일어난다
   고 함.

오르티기아 섬

― 시라쿠사

햇살 머금은 여기에 머물다

돌무더기 된 아르테미스 신전의

시라쿠사 고요가 되리라

알페이오스 집념에 아레투사의 비명을 지나

구두 굽 또각또각 대리석 마찰음이 부른 곳

두오모 성당은 날것의 여백

어둠마저 푸르게 감싼 골목은

쌍봉낙타의 등뼈보다 더 구부러져 있네

먼 이국에서의 하루가 고요로 저물어가는

홀로 어둠을 빠져나온 길의 끝자락

이오니아해와 만나

슬픈 두 눈은 가로등 불빛에 넘겨주고

그란데 마데 항구에 쏟는 소낙비 앞세워

정박 중인 요트의 기다림까지 생각하리라

테아트론*의 설법
— 시라쿠사 그리스 극장

관람석에 보글보글 빗방울 앉았다
틈새로 웅덩이 만든다
햇살과 바람이 물장구치며 노닌다

예순여섯 개의 계단 사이사이
잡풀 부풀어 오른 돌 속
빗방울의 울림까지
새와 나비는 살뜰히 기억하고 리듬 탄다

석회암 덩어리 통째로 삼킨 빗물
웅덩이 속 깊이 파고든다
몸속 깊이 스며든다는 것은
마음 기댈 누군가를 기다리며
우산살처럼 속내를 활짝 펼쳐 보이는 일이다

빗방울들 데굴데굴 굴러간다
어제 위에 오늘을 올린 암석은
더 단단해지고 깊어질 것이다

구멍 송송 빗방울

돌계단을 메우는 잔등 너머

나는 모시나비로

노란 야생화 꽃술 깊이 깃들어간다

* 테아트론 : 그리스어로 '보다'.

늙음을 생각하다

— 팔레르모 · 1

마퀘다 거리 서성이다 지쳐
베르디 광장 앞 극장 계단 오를 때
스르르 몸에 스며드는 듯 배어나는 듯
24년 전 나와 소피아 코폴라*가 겹쳐진다
그때도 이랬겠지
부치리 시장 매연과 따그락거리는 소음 속
이 계단에서 이렇게
붉은 피 뚝뚝 흘리는 딸 부여안고
소리 없는 오열로 눈물 말리던 알 파치노
나 그때 젊었고
젊은 줄 몰랐던 한 사람
그 젊음 구름 위로 띄웠을 적에
나 아직 젊다고 말해주지 않고
동백꽃물 흘리던 아버지
나 지금은 늙었고
늙었다고 말해주는 사람 없는
테아트르 마시모 극장 계단에 앉아

소피아 코폴라와 알 파치노의

늙음까지 생각하는 밤

* 소피아 코폴라 : 영화 〈대부 3〉에서 알 파치노의 딸로 나옴.

무대를 두드리다 간 시간
— 타오르미나 그리스 극장

관람석에 앉아 무너진 무대 바라본다 먼 벽을 넘어 소포클레스가 걸어 나온다 지금 부서지고 사라진 이천삼백 년 전의 벽 넘는다 설레게 하는 마음 하나 아직도 '오이디푸스 왕'과 '안티고네'의 비극은 떠나지 않았다 안개구름 번갈아가며 오르락내리락 시간의 문 열고 들어선다 아리스토파네스 희극도 함께 무대를 두드린다 나는 그들이 아직도 머물고 있다는 느낌에 객석에서 꼼짝할 수가 없다

누군가 날 부르는 것 같아 가만히 일어선다 구스타프 클림트의 유화 속 〈타오르미나 극장〉* 풍경이다 코발트블루 짙푸른 빛줄기 길게 뻗어 내 눈 찌른다 몇천 년 전부터 그래왔던 것처럼 그려낸 풍경화 한 폭 사이사이 언젠가 다시 이 극장 서성일지 모를 내 모습 생각하다 굵고 짧은 문장 하나 관람석 돌 틈 사이 그림자로 남겨둔다 이곳이 처음이 아닌 듯 처음인 내 쓸쓸함에 햇볕은 반원형 극장 빙빙 돌다 에트나산 넘는다

　* 〈타오르미나 극장〉 : 유화, 비엔나의 부르크 극장 천장 그림.

아란치니*

— 팔레르모 · 2

주먹밥 두 동강 냈을 때였지

망가트려 박살 난 몸의 일부가

손끝에 엉겨 붙자 물컹함에 밀려

푸른 콩 스르륵 떨어졌네

너의 드러난 몸속

이국의 등자 빛 들판처럼 펼쳐지고

구부린 등 너머

지친 손끝에서 바삭거릴 때쯤이었지

고요가 지평선을 누르며

이삭줍기*에 지친 세 여인은

오랫동안 주황빛에 물든 채

질펀한 하루를 담고 있었네

황금 노을 사하라에 펼쳐놓은 듯

그가 떠난 봄날의 빛깔로 동강 난 몸속에

나를 담고 있었네

* 아란치니 : 구운 주먹밥과 비슷한 요리로 빵가루를 겉에 묻혀서
  튀겨냄.
* 이삭줍기 : 장 프랑수아 밀레의 그림.

빗방울이 할퀴고 간 밤
— 타오르미나

타우로산 굽이굽이 올라야 도달하는 절벽 도시

가로등 아직 도착하지 않아 어둠은 나와 함께 움베르토 거
리 서성인다

젖은 돌계단 층층 오르는 물안개 길게 혀를 내밀고 있다

발자국들이 남기고 간 골목 지키는 트리나크리아* 앞 우
산 속
물방울 대롱대롱 매달려 낯설고 서늘한 골목은 침묵 이어
가고 있다

누가 방금 다녀간 듯 발자국 위로 골목은 전봇대와 함께
내 그림자를 늘리고
사랑이 그렇게 지나가는 밤

가로등 황색 그림자에 깃들어서

눈먼 사랑 하나 만질 수 있을 것 같은 그곳

* 트리나크리아 : 시칠리아의 상징.

바람에도 쇠가 있다
— 아주르 윈도우* · 1

지중해의 바람은

파도에 부딪혀 온 소리로

눈비에 흔들리는 물결로

출렁이는 빛으로

석회암 가루가 슬쩍슬쩍 깎는

만남에서 비롯되는가

단단하면서도 부드러운 쇠가

살을 도려내서

수시로 달려들거나 서서히 돌아오는

소리와 햇빛은

쇠를 몰고 와 창을 만들었는가

꽃과 나무는 어딘가로 떠나고

지중해 바람 속 쇠를 녹이는

쇳조각 하나가

내 몸을 날카롭게 후벼치네

빙 도는 어지럼증은

긴 시간 견딘 쇳조각 빠져나온 걸까

널 보내고 닫힌 문

그런 날들의 나 이젠 없네

한 줄의 시를 쓰기 위해

나 여기 있어

바다와 하늘을 여는 창

아치형 절벽 끝에 서서

지중해의 일렁이는 물살 눈에 담네

* 아주르 윈도우 : 고조섬 드웨라 베이에 있는 높이 20미터, 폭 40
  미터의 바위가 풍화작용에 의해 만들어진 자연경관.

사라지다*

— 아주르 윈도우 · 2

몸이 사라졌다 어느 순간 사라졌는지 모른다 따뜻함을 가
장한 바람은 어둠을 뚫고 빠져나와 새벽에 강풍을 몰고 왔
다 새벽을 먹어치운 강풍은 이른 아침 내 몸을 지중해에 구
겨 넣었다 어느 순간에 삼켰는지 모른다 어쩌다 나는 죽었
고 너는 날 만질 수도 다시 볼 수도 없다는 걸 아직은 모른
다 만지면 바로 만져질 것 같은 몸 바라보면 바로 볼 수 있
을 것 같은 얼굴을 아직도 모른다 눈 깜박할 사이 사라진 나
를 나도 모르고 강풍은 어쩌다 무례함을 저지른 채 침묵이
다 나는 신이 빚은 조각물 자연으로 돌아가고 넌 날 보지 못
하는 목마름을 기억으로 저장하는 내가 모르는 나는 이렇게
사라진다

* 사라지다 : 아주르 윈도우가 2017년 3월 8일 무너짐.

골목의 뼈

— 임디나

성채 안으로 들어와봐
뼈가 만져져
석회암의 작은 뼈

라임스톤 성벽 줄기 따라
높고 좁은 곡선의 길을 걷는 것은
중세의 시간을 걷는 것
세이트폴 성당을 만나는 곳
굴곡진 역사가 아득한
그래서 조금 슬픈

그러나 이곳에서
오래 머물지는 마
사부작사부작 걷기만 해
출입구 벽에
베란다 밖에
새겨져 있는
멈춰버린 시간들이 숨겨져 있어

숨은 그림 찾기 할래
사도 바울과 성녀 아가타의 부조가
우리의 뼈인 걸 알겠니

우리 서로서로 기대어가며
네가 나의 기사
내가 너의 기사로

조금 더 오래 걷다 보면
나선형의 골목으로 만나고
그늘진 슬픔이
석회암으로 부스럭거리다
부서지고 나면
삐쭉 올라오는 뼈

골목 안으로 들어와봐
뼈가 만져져
크고 큰 뼈가

구경꾼

— 성 요한 대성당

어둠 빌려 빛 속으로 들어간다
요한의 목을 든 살로메를 기억하듯이
그의 일생을 담은 천장화* 지나
〈세례자 요한의 참수〉를 구경한다

붉은 망토와 목에 흐르는 피로 함께한 요한
어둡고 습한 공간에 비치는 외줄기 빛에
전능한 그분을 영접하고자
카르바조의 희망이라 적고 읽는다

목 잘린 잿빛 요한의 얼굴
바구니로 들이미는 살로메의 팜 파탈
드러냄과 숨김 사이에 요한의 피로 존재시킨
수도사 미켈란젤로F. Michelan*

폭력과 고요 넘어 선
빛을 깔아 어둠 지우고 있는 화폭 뒤로
기사단 모자이크 묘비명에 부딪히는 발소리가

카라바조를 뒤따른다

빛으로 가는 길

뜨거운 눈물도 함께 찍어 보낸다

* 천장화 : 마티아 프레티 작.
* 미켈란젤로F. Michelan : 카라바조의 본명. 처음이자 마지막으로 서명한 작품임.

제 5 부

아라비아해와 손 잡다

인도
네팔

데칸 고원에 핀 꽃
― 엘로라 석굴

데칸 고원 속 현무암에 새긴

불사의 눈물

선정적인 힌두신과 함께한 인도인

여기 비스듬히 누워

스탄바의 사각 기둥 높이 헤아리다

내가 살고 있는 아파트를 생각한다

몇천 년 후 이처럼 성지가 될 수 있을까

층층이 쌓인 승방 벽 타고 흐르는 불상들

사원을 받치고 있는 코끼리 상(像)

햇빛 받아 노랗게 빛나는 미투나*

음양의 신비감이 느껴지는 회랑

나 성스럽게 본다

날마다 오르내리는

콘크리트 벽 24층 아파트와

거대한 바위 하나가 주는 33미터의 높이

석공의 눈물 아파트 호수처럼 붙여진

1호에서 34호까지 석굴을 따라
10루피의 공덕을 분양받고 싶은
축복의 햇볕이 쏟아진다

* 미투나 : 남녀의 성적 결합을 표현한 조각.

인디오 여인

— 툰들라 역*

어둠이 철길 위로 그물망을 친다
천장의 선과 선 날과 날로 앉은 새 떼들
그 아래 살와르 까미즈* 입은 여인
나와 만난다

수천 수만의 날갯짓에
언젠가 한 번은 찾아올 죽음 기다리듯
언제 올지 모를 기차를 기다리며
내 안의 나 만날 수 없어 검은 새 떼들과
공중을 날아올랐다 내렸다
무량수행 중이던 견보살은
느리고 게으른 삶을 내려놓는다

아침이 와도 오지 않을 것 같던
바라나시행 야간열차
등 구부린 채 다가온다
불빛 사라진 깃털 속으로
한 세계에서 또 한 세계를 넘는 아주 잠깐

당신들이 세운 나라에 문 열고
수많은 말들을 쏟아보지만
내 안의 나를 만날 수 있을지 알 길이 없어
펀자비 드레스로 나는 차단되고

안녕, 툰들라

* 툰들라 역 : 인도 북부 우타르프라데시 주 아그라에 있음.
* 살와르, 까미즈 : 살와르는 허리를 끈으로 조이는 헐렁한 바지.
  까미즈는 무릎까지 내려오는 긴 상의. 스카프와 함께 펀자비 드
  레스라고도 함.

나의 빛나는 한때

― 사르나트

    저 넓은 들판 수천 마리 상제나비 떼 목화 송이 멀고도 험한 구도의 길 따라 끝없이 펼쳐진 빛의 소용돌이여

    저 푸른 정원에 펼쳐진 꽃잎 한 장 한 장의 노랑이 펼쳐놓은 유채꽃망울 걷고 또 걸어도 깨달음은 멀고도 아득한 고행이여

    저 붉은 흙먼지에 바스락거리며 흘러가는 사탕수숫대 수행에서 얻은 부처님 해탈의 뼈대여

    다섯 비구*에게 최초의 설법을 펼친 빛의 여래* 녹야원

    혜초가 지나가고 현장법사가 스쳤으며 수많은 순례자들이 소용돌이치는 4대 성지에 내 이름 보태고 있네

    다메크 스투파 앉아 중얼거리는 뜻 모를 내 법문은 탑에 새겨진 기하학 무늬

    탑돌이에 읊조린 옹알이는 꽃무늬 형상으로 남은 고요

    물 공양 한 잔의 뜻 헤아릴 수 없어 다르마라지카 스투파에 엎드려 줍고 또 줍지만 아득한 법문의 저쪽

두 손 합장

백팔 배 삼천 배 만 배

날 저물어 무릎 절룩절룩 기어서 가도 좋을 내 안의 진리
그 안쪽 어딘지 몰라

부러진 아쇼카 왕 석주 앞 빗자루에 내세를 쓸고 있는 인
도 여인 바라보는

빛나는 나의 한때

* 다섯 비구 : 곤단나, 바파, 밧디야, 마하나마, 앗사지.
* 여래 : 진리의 세계에 도달한 사람.

릭샤 왈라

— 바라나시

인간과 신이 공존하는
고대와 현대가 명랑하게 살아가는
죽은 자와 산 자가 어울려가는
릭샤 왈라 생의 한가운데를 달린다
땀으로 움직이는 왈라의 근육에 앉아
나는 흙 묻은 신발 툭툭 무게 중심을 흔들고 있다

탄생과 죽음의 선분
그 중앙에 찍힌 갠지스강 가는 길
매연은 라씨*에 스미고 있다
가도 가도 똑 같은 곳에 도착하는
커들리아* 미로의 골목길
그림자 길어지고 어둠에 덜컹거린다
길은 방향을 잃고 바람 가르는 릭샤 왈라
「운수 좋은 날」의 김첨지 얼굴이 여기에 와
릭샤의 바퀴로 굴러간다

"혼돈 속의 질서에서
자신을 바라볼 수 있는 인도
우리가 본 바라나시는 덤이다"*

무질서 속에서 우리는
더 그윽한 세계를 만날 수 있을까
발자국 지워진 그 밤 내내
거기에 있었다

* 라씨 : 인도의 요구르트 음료.
* 커들리아 : 도로명.
* 이기만 사장 말 인용.

디아
— 갠지스강 · 1

히말라야 얼음 녹아 흘러온 당신
차가운 냉기가 고요를 흔들고 있는 이 밤
사랑의 깊이를 몰라 불꽃으로 뛰어들었네
붉은 꽃으로 한껏 치장한 몸은 떨리고
더듬더듬 당신 손 잡아보려 다가서는 등 뒤로
보트 한 척 찰박찰박 볼을 때리네
내세로 가는 불꽃 피어오르는
저쪽 마니카르니카* 가트 영혼들의 손짓
안개 빛 연기가 밤하늘을 적시네
현세 소원 담은 내 몸은
그 어떤 배경도 없는 방향을 향해
이쪽 다사스와메드* 가트에서 위태로운 곡예를 하네
죽지 않고는 그 사랑 닿을 수 없는
나는 본디 당신의 영혼
내 뼈는 녹아 당신의 몸 안쪽까지 젖었네

 * 마니카르니카 : 화장터.
 * 다사스와메드 : 힌두교 종교 의식을 행하는 장소.

화장
― 갠지스강 · 2

한때 뜨겁거나 차가웠던 육신 장작 더미에 태우고
별빛은 전소되는 순간까지 묵묵히 지켜봤을 것이다
강물은 그 이름들을 꼭 껴안아 순간순간 묘혈이 되기도 했
을 것이다

순례자들이 띄우는 디아와 방생과 나는 강물에 젖고
카르마*는 젖지 않는 여기

만남이 이별을 만들고 안개와 연기가 발자국 지우듯
영혼들 메리골드 꽃목걸이로 둥둥 떠다니는 갠지스
벵골만으로 스며들기까지 이생의 업 지워질 수 있을까

아르띠 뿌자*를 거행하는 브라만 사제의 만트라* 허밍
불꽃 연기로 솟는 독경과 요령 소리
저토록 간절하게 얻고자 하는 것 무엇일까
고달픈 삶의 노고 항하의 모래는 기억이나 할까

다사스와메드 가트에서 나는 '람 람 사뜨 헤'*를 중얼거리다

내가 건너온 생의 궤적들 쓸어 모아 강물에 푼다

멸절로 가는 길 잠시 꽃등이 멈추었을 거기

어디쯤에

* 카르마 : 전생과 이생에 쌓은 업.

* 아르띠 뿌자 : 힌두교의 종교 의식.

* 만트라 : 신의 이름은 진리다.

* 람 람 사뜨 헤 : 진리 안에서 죽은 자의 평온을 빈다.

나의 수자타
— 보드가야 · 1

여기는 우루벨라 마을 숲 고행림

흑갈색 얼굴은 허허벌판 버려진 해골

눈동자는 말라버린 천년 묵은 우물 속

쭈글쭈글 뱃가죽은 말라 비틀어진 조롱박

갈비뼈는 폐허의 서까래

두려움의 해탈을 꿈꾸며

나 여기

6년의 고행 이루지 못한 정각*

깨달음의 길 보이지 않아

네란자라 강물에 번뇌를 씻는다

내가 바라는 최상의 경지는 아득한 피안의 저쪽

반야나무 아래 수자타여

그대의 유미죽은

내 몸을 쓸어 중도*의 길을 열어준 뜨거운 공양

다섯 비구여

이 타락한 사문을 떠나 녹야원으로 가는 길
원망은 잠시 접어두어도 되리
나는 수자타의 유미죽을 네란자라 강물에 풀어
내 안의 수행길 떠나 득도의 바깥으로 가리다

 * 정각 : 진정한 깨달음.
 * 중도 : 참다운 수행의 길.

전정각산을 가다

— 보드가야 · 2

상두산 석굴이 서늘하다
바른 깨달음 얻기 위해 오른 절벽 안
산신 천신은 떠나라
동굴 속 용이 붙잡아도 머무를 수 없는
그림자로 새기고 떠난 붓다

연화좌 위 가부좌한 붓다의 형상은
묵언수행 백팔 배 천 번의 불경보다
더한 불심이 있는 자에게만 보인다는
둥게스와리 동굴 속
고행의 불상 보이지 않아 눈먼
나는 미생의 불자

돌산에 걸친 일몰 길
나눔은 자비요 받음의 은혜는 아름다움이다
아니 나눔은 적선이며 받음에 구걸하는
불가촉천민들의 검은 손 아우성이다

소자비(小慈悲)는 대란(大亂)을 부른다*는 갈등이

부처님을 만나는 기쁨보다 더 서글픈

10루피의 힘이 절벽을 치고 간다

* 소자비(小慈悲)는 대란(大亂)을 부른다 : 어설픈 동정은 그들을
  습에 빠지게 하여 영원히 가난으로부터 벗어나지 못하게 한다
  함.

마하보디 사원에서 온 편지 · 1

오방색 깃발 아우성치는 대보리사 대탑
육탈한 불경의 깃발 따라
나 여기 당도하였습니다
중생이 해탈의 경지에 오른다는 바람의 경전
공중에서 반짝입니다

청색은 자비의 모발이요
황색은 중도의 몸
적색은 정진의 더운 피
백색은 해탈열반의 치아
주황은 지혜의 가르침 가사로
불교를 상징하는 깃발입니다

붓다의 족적이 새겨진 돌과 금강보좌
꽃 공양에 불법 소복이 쌓였습니다
성도재일 스님과 불자들 나무 자세로 참선 중
보리수 한 잎 파르르 빗자루가 흔적 지웁니다
맨발의 참배객들 불의 정신 담아

햇빛과 바람 쪽으로 오체투지하는

티베트 여인을 바라보다 눈물이 고였습니다

육체의 모든 끝 대리석 바닥에

온몸으로 쓰고 닦는 그녀의 독경

나 평생 가도 만나지 못할

너무 아득해서 닿을 수 없는 길입니다

마하보디 사원에서 온 편지 · 2
― 타르초

타르초 수많은 나비 떼로 퍼덕거립니다
탄생의 빛깔 저토록 찬란할까요
제 몸속에 가둔 바람
우주로 향하는 본존불 아래
그들의 빛깔로 읊조리는 주문들
대탑에 새겨진 조각품은 말아가고 있습니다

얼마나 많은 수행이 저 경지 오를 수 있나
보리수 아래 앉아
원하는 곳에 도달하기 위한 순례자
알 수 없는 꽃송이로 피어 오르는 발언들

참선 중인 스님들 뒤
구석진 한 자리 차지하고 명상 중
감정을 끌어올려보지만
쏟아지는 잡념은 분화구처럼 솟아오를 뿐
참선의 깊이 가늠할 수 없는 어둠입니다

여기에 없을 100년 후의 나

— 라지기르

뼈대의 흔적만 남겨진

비하르주 나란다 불교대학

늙은 청소원 부겐빌레아 꽃피우고

가부좌한 티베트 스님

천축국의 불교 유적 순례하다 잠시

구름 형상을 만들고 있다

사리불 존자의 탑 계단을 오르는 새 떼

타클라마칸 사막의 사구를 넘고

파미르 고원의 한 모퉁이를 돌아

천축에 도달한 신라 스님의 영혼

법을 향한 구도의 협곡을 건너지 못한 채

몇 세기 건너 다른 세계 넘는

환생의 깃털을 털고 있다

그 깃털 목숨 건 구도의 길목

승려들의 눈과 발 귀와 손

번뇌로 오는 집착의 깊이는

육체와 정신의 멸(滅)과 소(消)의 내밀한 방식
한때 깊게 찰랑거렸을 어둠의 승방
출구의 거울에 반사되었던 빛은 사방천지
돌 기단만이 세월 이고 있다

2평 토굴 나로파* 방 기웃기웃
아득한 불법의 세계 주춧돌 같아
까맣게 그을린 벽돌 뒤로 날려 보낸 스카프
법륜* 유적에 휘감긴다

아직 발굴되지 못한 유물 터에 오늘 건너지 못한
여기에 없을 100년 후의 나와
발굴 완성 100년 뒤 후대를 위한 헌사
무우수* 나무는 기억하겠지

  * 나로파 : 티베트의 현자.
  * 법륜 : 불교의 교의 및 고타마 붓다가 설법한 사성제 · 팔정도를
     뜻함.
  * 무우수 : 근심 걱정이 없는 나무.

불심은 안개 속

— 케샤리아 대탑

나의 불심은 짙은 안개 속입니다

불법 또한 안개 속 형태 알 수 없어

정해진 길 없습니다

모든 순례자여

안개와 먼지가 영혼 흔드는 발우탑

무엇을 보았나요

무엇이 보이나요

허물어져 헤쳐 나오지 못한 층층 감실

목 날아간 부처님 좌상

서로가 서로를 쓰다듬고

순례객의 미소 받고 있습니다

티베트 스님 가사 자락

사그락 사그락 풀잎 스치고 갑니다

고난의 수행길이 시작된 싯다르타 태자에서

열반길의 붓다로 늘 그래왔듯

리차비족의 슬픔 모른 체하지 않은

마지막 발우는 생사의 접경지대

만다라 스투파

바이샬리 백성과 선 긋던 웅덩이
안개가 선 긋고 있습니다

간다쿠티*

― 기원정사

순례자 끝나지 않을 앞서 간 발걸음 따라
한 발 한 발 스며든 기수급기도원
천 년 전에도 천 년 후에도 발소리 이어질
미처 뒤따라오지 못한 이름들
법웅 스님*의 법화경 독송으로 흩어진다

스리랑카 스님 앉았던 자리
정토회 순례단 지나가고
티베트 수도승 떠난 자리 앉아본다
수보리 제자에게 설한 금강경 경전
흔적은 땅속에 말씀은 가슴에 남아 있는
메리골드 환하게 뿌려진 간다쿠티

시작 없는 과거에서 끝없는 미래까지
경전과 예불로 발자국 남기는 부처님 법상
천이백오십 인에게 설하신 법문
난 맨 뒤쪽 천이백오십일 인이 되어
수다타 장자의 불심 붙은 발원기도

그 행간을 읽는다

제타 왕자와 수다타 공양
울림의 파장 깊고 전단향 냄새 그윽하다
집착 비우게 하는 향기 없는 향기 속

지금 무엇이 담겨져 있니?

* 간다쿠티 : 부처님의 방 앞에 꽃을 바치다.
* 법웅 스님 : 안국선원(성남시 심곡동) 주지.

룸비니 동산*

흙먼지에 바람이 들려주는 불경 경청하며 국경을 넘었다
티랄 강줄기 타고 건너온 찬 공기 몸에 붙어 체온 뺏는 풋
새벽 어둔 길 풀어 마야 데비 사원가는 숲 속 나라는 긴 운
하로 법문 풀고 있다 꺼지지 않는 평화의 불길은 먼동이 뜨
기 전 지나갔다 수초 밀어내며 일출 살포시 안아주는 호수
뒤로 맨발의 사원 벽이 두텁다 카메라가 금지된 부처님 탄
생 표지석 유리벽에 갇혀 눈 비벼봐도 빛의 굴절로 구겨진
다 푸스카르니 연못 그림자 드리운 무우수 나무로 푸드덕
거리는 타르초 진리의 문장들 저마다의 음색으로 법문 펼치
고 있다 머리는 낙뢰에 주고 브라미 문자 붓다의 탄생지 몸
으로 증명한 아소카 왕 석주 성역 돌아오는 길 견공 한 쌍
뚫어지게 날 본다 한 조각 빵이 남긴 염주알 검은 눈동자가
금강경 한 구절로 릭샤 왈라 바퀴 속을 돌고 돈다

* 룸비니 동산 : 네팔 남동부 테라이(Terai) 평원에 있는 석가모니
  탄생지.

무너진 왕궁
— 카트만두

더르바르 광장 한 귀퉁이에 서서 지진에 무너진 왕궁 흙더미 딛고 지나는 사람들 바라보았다

구름 흘러가듯 외국인과 현지인들 뒤섞이고 구걸하는 아이들과 상인의 끈질긴 구애 나타났다 사라졌다 하는 소리들이 귀를 울렸다

240년 역사의 라나 왕조들이 바뀌는 동안 왕궁 문들 수많은 이야기 흘려 보냈을 것이다

어느 왕조의 소녀는 여자가 되어가기까지 목조 창을 통해 바깥 바라보며 그만큼의 무게 키웠을 것이다

하누만 도카 나썰 쪼크 입구 흰 사자 두 마리 늘 그래왔듯이 햇볕 지나가는 시간 하루에 한 번씩 쿠마리에게 알렸을 것이다

그리하여 광장 박티푸르는 좌판의 소란과 지진에 건물 지지대로 지탱하며 여행자들 묵묵히 지켜볼 것이다

트리부빈 박물관은 훗날 어느 왕세자가 역사의 한 획 그을 비극의 왕실 살인극*까지도 기록하였을 것이다

살아 있는 여신 어린 쿠마리가 소녀로 자라면서 단절된 세상과 삶의 비애를 쿠마리 사원은 전설로 늙어갈 것이다

나는 자간나트 사원 난간 부서진 틈 예술가 손끝에 올려진 왕궁의 한 단면 바라보며 굳건히 닫힌 쿠마리 사원의 작은 창문에 귀 기울이고 있다

쿠마리가 보고자 하는 제3의 눈을 통해 말하고 싶어 하는 그 무엇에

* 왕실 살인극 : 2001년 6월 1일, 디펜드라 왕세자가 마약과 술에 취해 기관총으로 무장하고 저녁 식사 도중 난입, 비렌드라 왕과 왕비 및 왕실 가족 아홉 명을 살해함.

페와호

— 포카라

밤새 히말라야 협곡 밀어내고 당도한 아침이 비 맞고 있다

미처 날씨를 읽지 못한 젖은 보트 안개에 끌려가고 있다

20만 년 전 그 바다*가 그리워 축축한 눈빛 적신다

호수는 움직임 없이 움직이고 내 안의 나 고요하다

사랑곳*에서 눈 맞추지 못한 일출 할란 촉 거리 전광판으로 온다

한국어 간판 네팔어와 엉켜 가볍게 출렁인다

언제 대면할지 모를 마차푸차레 안개 옷 벗으면 보여줄까

볼 수 없다는 것은 언제나 그리운 법

너와 거리 맞닿을 수 없어 간절한 것처럼

* 20만 년 전 그 바다 : 바다에서 육지로 변할 때 남겨진 호수.
* 사랑곳 : 해발 1600m에 있는 마을.

작품 해설

시의 바깥에서 길 찾기

전기철 | 시인 · 숭의여대 교수

1

김민재 시인의 세 번째 시집 『발틱에 귀 기울이다』는 여행을 테마로 하고 있다. 시인은 일상에서 가장 멀리 떠나봄으로써 무언가를 찾고자 한다. 여행지의 반경이 상당히 넓은 것도 시인의 이러한 열망과 무관하지 않다. 상트페테르부르크, 에스토니아, 라트비아, 리투아니아, 체코, 오스트리아, 헝가리, 포르투갈, 모로코, 스페인, 시칠리아, 몰타, 인도, 네팔 등 수많은 나라와 도시들의 풍광과 표정 그리고 그 낯선 세계에서 마주한 시인의 영혼이 자화상처럼 펼쳐져 있다. 여행지에서 하나의 장소가 하나의 세계가 되는 것은 그곳에서 '나'라는 존재를 발견하기 때문일 것이다.

이곳은 이반고로드 국경입니다

하얀 몸피 드러낸 자작나무 국경의 수비대처럼 싸락눈
휘몰아치는 오월을 받아내고 있습니다 무겁고 장엄한 시
의 선을 넘기 위해 러시아 검사원의 무표정한 시간을 기다
리고 있습니다 늘 그랬겠지요 당신이란 멀고 높은 장벽을
넘기 위해 국경의 시간은 길고 시의 길이 더디게 오듯 점
령군처럼 몰려왔다 가는 행렬은 기다림으로 들끓고 있겠
지요 오늘의 여기도 눈으로 보아선 알 수 없습니다 파헤칠
수 없고 마음으로만 알 수 있다는 러시아의 얼굴 봅니다
마치 당신처럼 이곳의 공기는 차갑고 단단합니다 파헤쳐
도 어디에도 닿지 않는 검은 공기로 둥둥 떠다니는 그것은
무엇일까요 당신과 눈 맞출 수 없는 속수무책 기다림이 전
부인 국경에서 오지 않는 시어에 두려움 모락모락 피어 오
릅니다 회색 시대는 지나갔지만 더디게만 가는 국경의 시
간이 아슬아슬 지나갑니다

…(중략)…
나를 가득 안고 나만의 색깔 담은 시의 바깥을 향해 방
긋 웃어봅니다

검사원에게 여권을 건네듯, 시를 향해
—「시의 바깥을 가다—상트페테르부르크」 부분

시집의 첫 번째에 놓인 위 시는 여행이 김민재 시인에게 어
떤 의미인지를 보여주고 있다. 그것은 시에 대한 갈망, 시의
새로운 길 찾기라고 할 것이다. 시인이 이국의 국경에서 길고

긴 기다림의 시간을 견디는 것은 "무겁고 장엄한 시의 선을 넘기 위해"서이다. "국경"은 지시적 의미인 동시에 비유적 의미이다. 여행지에서 국경은 지역적인 경계이지만 '시의 선'이라는 진술에서 보여주듯이 물리적으로는 표현할 수 없는 경계점이기도 하다. "시의 길이 더디게" 초조함으로, "시어에 두려움 모락모락 피어오"르는 불안함으로 시인은 지금 이국의 국경이자 동시에 시의 국경에 서 있는 것이다. 왜 시인은 이런 긴장을 견디는 것일까? 물론 이 시에서 국경은 물리적인 공간이다. 그런데 시를 찾아가는 여정으로 본다면 시적 세계의 국경 즉 아무나 넘을 수 없는 경계인 것이다. 그러므로 우리는 국경이 함축한 다양한 의미를 떠올리게 된다. 국경은 현실과 꿈의 경계일 수도 있고, 일상과 비일상의 경계, 기존의 시적 주체와 변화된 시적 주체의 정신적 경계일 수도 있다.

이 시에서 시인이 갈망하는 상태는 "시의 바깥"이다. 그곳은 바로 '국경'이라는 경계를 넘을 때만 디딜 수 있는 새로운 영토이다. 시인은 지금까지 있어온 영토로부터 나가려는 것이다. 기존에 안주해왔던 혹은 낯익었던, 또는 타성에 길들여졌던 시의 세계를 벗어나 새로운 영토를 찾아가는 중이다. 그러므로 시인은 불안과 초조의 상태에서도 "방긋 웃어봅니다"라는 설렘의 이중적 심리를 갖는 것이다. 이 시에서 "당신"이 구체적으로 어떤 존재인지, 시적 주체에게 어떤 의미인지 추측할 수 있는 정보들이 없지만 시를 인칭화한 의미로도 읽을 수 있겠다. "당신이란 멀고 높은 장벽", "당신과 눈 맞출 수 없는 속수무책 기다림이 전부"라는 진술로 시를 인칭화함으로써 시를 주체의 자리에 놓은 것으로 볼 수도 있기 때문이다.

시인은 사물의 객관적 인식에 끊임없이 저항한다. 언어에 저항함으로써 시는 경계를 넓혀가는 것이다. 김민재 시인도 '시의 바깥'을 향해 발자국을 뗀다. 경계를 넘어서려는 것이다. 언어적인 관점에서 본다면 새로운 언어의 세계로 향한 출발이다. "시의 바깥"은 아직 언어로 드러내지 못한 미지의 세계이다. 하이데거는 언어를 존재의 집이라고 했다. 존재는 곧 세계이다. 세계는 언어를 통해서만 제 모습을 드러낸다. 마치 어둠 속에 있다가 언어라는 빛에 의해 모습을 드러내듯이 말이다 시인은 그 언어의 세계로 향하고 있다. 그는 자신의 전부를 투영하듯이 "나를 가득 안고 나만의 색깔 담은" 언어를 갈망하는 것이다. 그러나 언어는 시인에게 절대로 호락호락 잡히지 않는다.

몇 번이고 뒤돌아본다 무엇인가 읽은 것 같은데 기억이 없다

바츨라프 기마상 앞 얀 파라프와 얀 자이츠의 혁명을 다 읽어버린 것 같은데

트램 카페에 앉아 생각에 잠긴다 소낙비 후두둑 어깨를 친다 빗방울 그 사선의 방향을 읽어간다

어렴풋이 보이는 것과 보이지 않는 난해한 글자가 돌 틈 사이로 번진다 눈동자 광장을 돌다 그만 행간을 놓치고 오늘 본 혁명의 한 부분이 접힌다

묘비명 앞 햇빛이 밑줄 긋고 바람은 꽃다발을 넘기고
있다

몇 번이고 오가며 나타났다 사라지는 유령 같은 그림자
들 속에서 내가 읽은 프라하의 봄을 가늠하는 사이 잠시
놓친 행간 속 문장들이 보인다

— 「읽다−프라하 · 1」 전문

읽는다는 것은 세계를 보는 것이며 언어로 세계를 만나는
행위이다. 그런데 지금 시인은 언어의 논리적 의미를 넘어서
서 세계를 보려고 한다. 즉 도구적이며 지시적인 언어의 경
계를 넘어서려고 하는 것이다. "몇 번이나 뒤돌아"보고 "무엇
인가 읽은 거 같은데"도 언어는 또렷하게 제 모습을 드러내지
않는다. "기억이 없다"는 것은 그러한 언어의 모호성 앞에 직
면해야 하는 게 시인의 운명이기 때문이다. 시인은 늘 "어렴
풋이 보이는 것과 보이지 않는 난해한 글자" 사이에서 숨바꼭
질하듯이 언어를 찾아 헤맨다. 보이는가 싶으면 "나타났다 사
라지는 유령 같은 그림자들"처럼 시야에서 사라진다. 그 실체
를 손에 잡을 수 없다. 어쩌면 언어는 영원히 잡히지 않는 환
영 같은 것인지도 모른다. 시인은 그 환영에 사로잡혀서 평생
을 방황하거나 고통을 받는 사람이다. 해서 시를 쓴다는 것은
고통이다. 김민재 시인에게 시 쓰기는 산통이다. "거 돈도 안
되는 시는 뭐더러 쓰믄서 늘 아프냐 하시던 그 돈 안 되는 셋
째를 출산하려 합니다"(「잘 계시나요, 엄마−사하라」)처럼 말
이다. 산통을 겪으며 언어가 태어나는 곳이 바로 침묵이다.

"행간 속 문장"은 침묵의 공간이다. 침묵은 언어 이전의 세계이며 언어의 바깥에 있으므로 언어화되지 않는다. 언어 이전의 침묵은 우리의 인식 저편에 있는 광활한 우주와도 같은 미지의 세계이다. 언어로 자신을 드러내기 이전의 존재들이 거처하는 곳이다. "침묵의 세계는 우리의 유일한 조국이다"라고 프랑시스 퐁주가 말한 것도 언어가 침묵 속에서 탄생되기 때문일 것이다. "잠시 놓친 행간 속 문장들이 보인다"처럼 시인은 찰나에 언뜻 침묵의 세계에서 언어의 실루엣을 보기도 하고 순간적으로 만지기도 하지만 그 역시 하나의 "유령 같은 그림자들"처럼 실체를 잡을 수 없다. 그러므로 언어에 대한 갈증은 심해질 수밖에 없다.

> 토해놓지 못한 단어들이
> 벤치에 나열된 이국의 표정 안에 꿈틀거린다
> 쏟아지는 햇볕에 사라지는 산책길
> 순간 모든 글자들이 슈탈호프 벽
> 군주의 행렬로 몰려왔다 간다
> 아우구스투스 거리에서 시를 향한 구두점을 찾지 못해
> 갈증은 해소되지 않고
> 머리로 가지 마시오 가슴으로 쓰시오
>
> ―「쓰다―드레스덴」 부분

"토해놓지 못한 단어들"은 언어화되기 이전의 존재이며 '시의 바깥'이라고 할 수 있다. 탄생되기 이전의 언어로 꿈틀거리는 그것은 열망인 동시에 갈증이다. "시를 향한 구두점을 찾지 못"하지만 시인은 안다. 머리가 아니라 가슴으로 찾아야

한다는 것을. 머리가 아니라 가슴으로 이 세계를 받아들이기에 여행지의 모든 장소와 사물들을 향해서 시인은 오감을 활짝 열고 있다. 이 시집의 각 부 제목을 '발트해에 귀 기울이다', '동유럽에서 길 묻다', '대서양이 말을 걸다', '지중해와 눈 맞추다', '아라비아해와 손 잡다' 등으로 잡은 것도 시인의 이런 태도와 관계가 있을 것이다.

> 단단하면서도 부드러운 쇠가
> 살을 도려내서
> 수시로 달려들거나 서서히 돌아오는
> 소리와 햇빛은
> 쇠를 몰고 와 창을 만들었는가
> 꽃과 나무는 어딘가로 떠나고
> 지중해 바람 속 쇠를 녹이는
> 쇳조각 하나가
> 내 몸을 날카롭게 후벼치네
> 빙 도는 어지럼증은
> 긴 시간 견딘 쇳조각 빠져나온 걸까
> 널 보내고 닫힌 문
> 그런 날들의 나 이젠 없네
> 한 줄의 시를 쓰기 위해
> 나 여기 있어
> 바다와 하늘을 여는 창
> 아치형 절벽 끝에 서서
> 지중해의 일렁이는 물살 눈에 담네
> 　　　—「바람에도 쇠가 있다—아주르 윈도우 · 1」 부분

김민재 시인은 지중해의 바람에서 "단단하면서도 부드러운 쇠"를 느낀다. 언어는 만물의 형상을 깎아서 만들어내는 '쇠'이다. 석수가 정으로 바위 속에서 하나의 사물을 탄생시키듯 언어는 쇠가 되어서 시인 자신과 세계를 깎아낸다. "한 줄의 시를 쓰기 위해" "절벽 끝에 서서" 세계와 대면하는 김민재 시인의 모습에서 시의 정신을 벼리는 시인의 결기와 의지, 고독함이 묻어난다.

2

김민재 시인은 인생을 성찰하고 자신의 삶을 돌아보는 일에 집중하고 있다. 시인은 여행을 통해 인생의 의미와 정체성을 찾으려 한다. 인간이 평생을 걸쳐 가장 근원적인 질문을 던지고 그 해답을 찾는 문제가 '나는 누구인가'일 것이다. '나'라는 존재에 대한 사유와 질문으로 우리는 인생이라는 긴 여정을 통과한다. '나'라는 존재를 탐색하려는 내면 여행에서 우리는 주체이자 타자가 된다. 바라보는 주체도 대상도 나 자신이 되기 때문이다. 김민재 시인에게 여행은 내면의 탐색이자 발견의 과정이라고 할 수 있다.

여자가 와서 서 있다가 갔다
누런 빛깔의 해가 떴다

남자가 와서 앉았다가 갔다
푸른 물결이 지나갔다

내가 왔다
모래 위에 발자국을 새기며 걸었다
기억을 퍼먹으며 누군가를 생각하다
발자국은 지워지고
나를 생각하느라
모래는 씨앗처럼 흩날리고
사라진 내 발자국 찾지 못해 길 잃었다

해변으로 사람들이 몰려왔다
한낮의 그림자 따라 몰려다니는 사이
또 다른 길이 새겨지고
여자가 서 있던 남자가 앉았던
그 길로 내가 지나간다

—「해변−페르누」전문

　"해변"은 인생의 메타퍼이다. 해변에 온 여자나 남자는 특정한 인물이 아니라 모든 인간을 지칭하는 일종의 제유인 것이다. "서 있다가 갔다", "앉았다가 갔다"는 특정한 인물의 행동이 아니라 삶이라는 행위의 모든 것을 의미한다. 사람들이 해변에 와서 발자국을 남기지만 그것은 지워지는 것이다. 그것을 알면서도 시인 역시 "모래 위에 발자국을 새기며" 걷는다. "나를 생각하느라" 무심히 돌아보면 지금까지 걸어온 흔적인 "발자국"이 사라지고 없다. 그 순간 삶의 방향을 상실하는 경험을 하게 된다. "길 잃었"기에 "또 다른 길이 새겨지"는 것이다. 그러나 어느 누구도 그 길에서는 머물 수 없는 존재로 "지나간다". 어쩌면 무수한 사람들이 발자국을 찍는 인생의 해변은 "한낮의 그림자"들이 몰려다니는 세계인지도 모른다. 본질도 실체도 아닌 '그림자'는 김민재 시인이 삶을 바라보는 일종의 프리즘과 같다. 그림자는 시집 곳곳에 반복적으로 등장하고 있다. "그대가 만든 그림자에 나를 끼워 넣으며"(「키스하는 학생−타르투」), "입구는 기울어지고 그림자 틀어진다"(「낙서−구트마니스 동굴」), "그림자 같은 생이 지루하지 않도록 그대와 함께"(「어쩌다 트라카이 성−리투아니아」), "어두운 쪽으로 기우는 그림자와 함께"(「페트르진 가는 길−프라하 · 4」), "계절에 뒤틀린 올리브나무/신전들의 그림자를 지우고 있다"(「폐허의 쓸쓸함−신전들의 계곡 아그리젠토」), "굵고 짧은 문장 하나 관람석 돌 틈 사이 그림자로 남겨둔다"(「무대를 두드리다 간 시간−타오르미나 그리스 극장」), "가로등 황색 그림자에 깃들어서"(「빗방울이 할퀴고 간 밤−타오르미나」), "그림자 길어지고 어둠에 덜컹거린다"(「릭샤 왈라−바라나시」), "그림자로 새기고 떠난 붓다"(「전정각산을 가다−보드가야 · 2」), "그림자 드리운 무우수 나무로 푸드덕거리는 타르초"(「룸비니 동산」) 등이 그 예들이다. 시인이 응시한 삶은 하나의 그림자로서 모호함과 불투명, 혹은 명쾌하게 드러나지 않는 세계인 것이다. 다만 시인이 명료하게 인식할 수 있는 것은 인생이 '고통'이라는 것이다. 고통은 확실하게 드러나 제 존재를 증명한다. 황무지, 사막, 낙타의 이미지는 고통을 육화하는 기호들이다.

> 잠시 목 축이듯 촛불 봉헌
> 내면의 황무지에 모래바람 덧칠한다
>   —「덮어진 페이지−몬세라트」 부분

시인은 스페인의 몬세라트에서 "내면의 황무지"와 대면한다. 내면에 있는 그 황무지는 불모의 땅이다. 생명의 "첫 페이지 펼치지 않았"기에 풀이 자라지 않는 그곳을 "나의 성모는 양떼를 몰고 떠났"고 황량한 모래바람이 분다. 시인은 목 축이듯 잠시나마 내면에 촛불을 키우며 봉헌을 하지만 "모래바람 덧칠"할 뿐이다. 생명이 살지 못하고 모래바람만 부는 불모지는 여전히 "덮어진 페이지"로, 즉 인생의 과제로 남아 있음을 시인은 자각하고 있는 것이다.

> 등짐 지고 산 기억의 뼈대
> 지워지지 않는 그래서 지워야 하는
> 깔끄막 길 늘 숨이 찼던 나를 털고 있다
> —「그늘을 지우다−프라하 · 3」부분

"깔끄막 길"은 비탈길을 의미하는 전라도의 방언이다. 기억 속에서 시인은 "등짐 지고 산" 고통의 무게를 떠올린다. 등짐을 지고 비탈길을 올라야 했던 지난 시간은 그 고통의 무게 때문에 "지워지지 않는" 것이지만 이제는 그 무게에서 벗어나려는 듯이 "숨이 찼던 나를 털고" 있는 것이다. 고통의 기억이라는 짐을 내려놓음으로써 자신을 비워내는 것이다.

> 낙타가 사막을 지우고 있다
> 몇 번이나 뒤돌아보았을 낙타의 눈물이 부풀어 있다
> …(중략)…
>
> 사막이 토해내는 모래먼지에

생피 쏟는 낙타의 울음
또 한 번 다른 생을 건너나 보다

…(중략)…

나는 지금 사막의 모래바람 같았던
내 안의 나를 어루만지고 있다

　　　　　　　　—「가죽으로 남은－페스」 부분

　사막은 "내면의 황무지"와 같은 의미이다. 사막에서 살아가
는 낙타는 혹독한 삶을 견디는 존재다. 시인은 "사막이 토해내
는 모래먼지" 속에서 "생피 쏟는 낙타의 울음"소리를 듣는다.
이제 가죽으로 남게 된 낙타는 사막을 걸어왔던 낙타로 가죽
으로 "또 한 번 다른 생을 건너"가는 중이다. 낙타의 이러한
고통은 시적 자아의 것이기도 하다. 낙타와 동반하면서 사막
으로 살았던 "내 안의 나를 어루만지고 있다"에서 보듯이 시인
은 자신의 고통을 쓰다듬으며 이제 치유와 화해를 하고 있는
것이다. 지나온 시간이 고통과 견딤의 시간이었다면 현재는
그런 과거의 '나'를 치유하고 화해하는 시간에 도달한 것이다.

　비루문 지나 중세로 가는 카타리나 골목 들어서면
　돌담길 한 귀퉁이 담벽 일렬종대 액자들이 붙어 있어요
　노쇠한 화가 여러 빛깔의 하루를 구겨 넣고 있어요
　젖은 자갈길 휘졌으며 한 무리의 사람들 지나가고 있어요

　꼭 액자 속 영혼 없는 얼굴 같아요

…(중략)…

　담벽 따라 나의 바깥을 향한 새로운 길이 열렸어요
　발트해를 옆구리에 낀 중세의 거리에서 지금 내가 깨어
나고 있어요
　내 안의 나이다가 내 밖의 나이다가 하나의 나를 실은
트램이
　등자 빛 레일 위를 지나가고 있어요
　　　　　　　　　―「트램 타고 가는 중세여행―탈린」 부분

　에스토니아의 수도인 탈린은 하나의 공간이면서 중세라는
시간성을 가진 곳이다. 시인은 여기에서 "나의 바깥을 향한
새로운 길"을 만난다. 그 새로운 길이라는 것은 바로 "지금 내
가 깨어나고 있"는 사건이다. 중세라는 천 년의 시간과 대조
가 되기에 그 깨어남은 특별한 탄생을 연상시킨다. "한 무리
의 사람들"이 "액자 속 영혼 없는 얼굴"이라면 나의 깨어남은
영혼을 가진 온전한 존재로 회복한 일일 것이다. "내 안의 나"
와 "내 밖의 나"가 통합된 "하나의 나"는 전일성을 지닌 존재
다. 현대사회에서 우리들은 자기 상실과 분열에 시달린다. 치
열한 경쟁 사회에 휩쓸리며 마치 영혼을 잃고 사는 것처럼 자
신을 소진하며 살아간다. "액자 속 영혼 없는 얼굴"은 바로 우
리들의 모습이기도 하다. 온전한 자신에 이르고자 하는 열망
을 품지 않는다면 일생 동안 자신을 잃어버린 채로 살아갈 수
밖에 없다. 김민재 시인은 여행을 통해서 삶의 전일성을 회복
하고 있다. 이런 의미에서 여행은 자아의 내면 여행이라고 할
수 있을 것이다.

3

어쩌다 나는 여기까지 왔습니다
좋아서 그대와 함께
이 명랑한 갈베 호숫가 물빛에 물들고 싶습니다

어쩌다 나는 여기까지 왔습니다
슬퍼서 그대와 함께
이 바람 속 요트의 눈물까지 받아내고 싶습니다

어쩌다 나는 여기까지 왔습니다
아름다워서 그대와 함께
무수히 올렸다 내린 닻에 그대 모습 닮고 싶습니다

어쩌다 나는 여기까지 왔습니다
고요해서 그대와 함께
아무것도 아닌 일상으로 이 성에 살고 싶습니다

어쩌다 나는 여기까지 왔습니다
그림자 같은 생이 지루하지 않도록 그대와 함께
망루 끝에 앉아 바라보는 호수

어쩌다 나는 여기까지 와서
그대와 함께 이 목숨 아낌없는 사랑으로
연소되고 싶은 걸까요

　　　　　　—「어쩌다 트라카이 성 − 리투아니아」 전문

삶은 불가해한 것이다. 이성으로도 논리로도 설명할 수 없는 비의(秘義)와 우연의 불연속성을 지니고 있기 때문이다. 혹자들은 이를 운명이라고도 한다. "어쩌다 나는 여기까지 왔습니다"라는 고백에도 삶의 이러한 비의(秘義)가 함축되어 있다. 그런데 우리의 인생에서 가장 큰 비의(秘義)이자 신비로움은 바로 '사랑'일 것이다. 알 수 없는 힘에 이끌려 온 듯이 "어쩌다 나는 여기까지 왔"는데 이 불가해한 사건의 중심에 "그대"가 있다. "그대와 함께"일 때 이 생은 비로소 의미가 있는 것이다. 사랑은 한 인간이 세계―타자와 만나는 가장 아름다운 합일이다. 김민재 시인은 이번 시집에서 '사랑'이라는 보편적 정서를 인생을 바라보는 태도와 연결시키고 있다. 사랑은 일시적인 감정이나 청춘의 전유물이 아니라 일생을 통해 우리가 치러야 하는 위대한 과제인 것이다. 그 위대함은 지극한 평범함과 같기도 해서 사랑은 "아무것도 아닌 일상"이거나 "호숫가 물빛에 물들"어가는 소소함이기도 하고 "나의 일부가 그대 맘속으로 흘러들어"(「키스하는 학생―타르투」)가는 일이기도 하며, "그대와 함께 이 목숨 아낌없는 사랑으로/연소되고 싶은"자기를 초월하는 합일을 갈망하기도 한다. 하지만 사랑은 사랑한다는 이유로 자신과 타자에게 고통을 주기도 한다. "내 사랑이 때론 황무지였고"(「이상한 레시피―프라하 · 2」), "내 상처가 너무 붉"어서 "당신 맨살 짓무르게 하는/아픔이 된다"(「미라벨 정원에서―잘츠부르크 · 1」). 그러나 사랑이 주는 고통 중에서 가장 깊은 고통은 사랑하는 대상을 잃어버린 상실감일 것이다. 시적 자아 역시 사랑의 대상이 현재의 시간과 공간에 존재하지 않고 있다.

생의 오후에 꽃비 내린다
사랑은 허공을 날고
마카르트 다리 자물쇠 가득 흔들린다
누군가 걸어놓은 사랑의 징표에서
그대의 숨소리가 휘파람으로
귀를 스친다 환청처럼
바람이 내는 소리에서
모차르트도 지나갔던 한때의 햇볕이
다리 위에 악보를 그리고 있다
악보는 읽을 수 없어도 허밍으로
먼 곳에서 날고 있는 당신에게
레퀴엠을 전해본다
　　　—「오후에 내리는 꽃비−잘츠부르크·2」 부분

　시적 자아에게 "생의 오후"는 "그대"가 부재하는 시간이다. 그대는 "내가 불러도 넌 듣지 못하는 아득히 먼"(「빛−부다페스트」) 곳에 있기 때문이다. 죽음이 갈라놓은 그 먼 거리를 살아 있는 인간이 잴 수 없다. 해서 "사랑은 허공을 날고" 시적 자아는 환청처럼 사랑하는 이의 존재를 느낄 뿐이다. 아름다운 "꽃비"와 "사랑의 징표"인 자물쇠는 그대의 부재감을 더욱 각인시키는 동시에 사랑이 영원하기 바라는 인간의 갈망을 슬픈 아름다움으로 채색한다. 그런데 역설적이게도 사랑을 상실한 비애와 아픔은 그 사랑을 절대적인 것으로 만들어버린다. 삶과 죽음을 초월하는 영원한 사랑은 영영이별이라는 절대적 상실을 통해 탄생되는 것이다.

히말라야 얼음 녹아 흘러온 당신

차가운 냉기가 고요를 흔들고 있는 이 밤

사랑의 깊이를 몰라 불꽃으로 뛰어들었네

붉은 꽃으로 한껏 치장한 몸은 떨리고

더듬더듬 당신 손 잡아보려 다가서는 등 뒤로

보트 한 척 찰박찰박 볼을 때리네

내세로 가는 불꽃 피어오르는

저쪽 마니카르니카 가트 영혼들의 손짓

안개 빛 연기가 밤하늘을 적시네

현세 소원 담은 내 몸은

그 어떤 배경도 없는 방향을 향해

이쪽 다사스와메드 가트에서 위태로운 곡예를 하네

죽지 않고는 그 사랑 닿을 수 없는

나는 본디 당신의 영혼

내 뼈는 녹아 당신의 몸 안쪽까지 젖었네

　　　　　　　　　　　　—「디아-갠지스강·1」 전문

　디아는 소원을 비는 성구의 일종인 촛불 잔이다. 불이 붙여진 잔이 신에게 도착할 수 있도록 갠지스 강에 띄운다. 이 시의 화자는 바로 그 디아이다 김민재 시인은 디아의 목소리로 죽음을 초월하는 사랑을 노래하고 있다. "히말라야 얼음 녹아 흘러온 당신"은 시간성 앞에 놓인 무상(無常)의 존재이다. 삶이 죽음으로 변하듯이 말이다. 당신과 합일되려는 나는 "사랑의 깊이를 몰라 불꽃으로 뛰어"든다. 얼음과 불꽃이라는 두 세계는 충돌하는 동시에 하나로 합일된다. "나는 본디 당신의 영혼/내 뼈는 녹아 당신의 몸 안쪽까지 젖"어 마침내 당신과 내가 일체의 존재가 된 것이다. 김민재 시인은 이 '사랑의 찬가'를 통해 사랑의 영원성으로 우리를 인도하고 있다.

4

이 시집의 5부에는 인도와 네팔 여행이 집중되어 있다. 인도와 네팔에서 시인은 여행자가 아니라 순례자 또는 구도자가 된다. 앞에서 살펴본 시들이 자아의 정체성을 찾는 여정이라면 5부에서는 종교적인 관점에서 구도와 수행의 길 찾기가 중심이다. "멀고도 험한 구도의 길 따라 끝없이 펼쳐진 빛의 소용돌이"속에서 "걷고 또 걸어도 깨달음은 멀고도 아득한 고행"이지만 "날 저물어 무릎 절룩절룩 기어서 가도 좋을"('나의 빛나는 한때 – 사르나트」) 길을 김민재 시인은 걷고 또 걷는다. 인도와 네팔 여행에서 시인은 무엇보다도 인간의 유한성, 인간이 소멸하는 존재임을 몸으로 인식한다. 우리가 일상에서 망각하고 살아가는 죽음을 시인은 "인간과 신이 공존하"고 "죽은 자와 산 자가 어울려 가는"('릭샤 왈라 – 바라나시」) 땅인 인도에서 마주한다. 툰들라 역에서 "언젠가 한 번은 찾아올 죽음 기다리듯"('인디오 여인 – 툰들라 역」) 기차를 기다리기도 하며 "아직 발굴되지 못한 유물 터에 오늘 건너지 못한/여기에 없을 100년 후의 나"('여기에 없을 100년 후의 나」)를 생각한다. 인간은 시간 앞에서 유한한 존재이다. 시간의 영원성과 삶의 찰나성을 극명하게 대비시키는 사건은 죽음일 것이다.

한때 뜨겁거나 차가웠던 육신 장작 더미에 태우고
별빛은 전소되는 순간까지 묵묵히 지켜봤을 것이다

강물은 그 이름들을 꼭 껴안아 순간순간 묘혈이 되기도
했을 것이다

순례자들이 띄우는 디아와 방생과 나는 강물에 젖고
카르마는 젖지 않는 여기

만남이 이별을 만들고 안개와 연기가 발자국 지우듯
영혼들 메리골드 꽃목걸이로 둥둥 떠다니는 갠지스
벵골만으로 스며들기까지 이생의 업 지워질 수 있을까

아르띠 뿌자를 거행하는 브라만 사제의 만트라 허밍
불꽃 연기로 솟는 독경과 요령 소리
저토록 간절하게 얻고자 하는 것 무엇일까
고달픈 삶의 노고 항하의 모래는 기억이나 할까

다사스와메드 가트에서 나는 '람 람 사뜨 헤'를 중얼거
리다
내가 건너온 생의 궤적들 쓸어 모아 강물에 푼다
멸절로 가는 길 잠시 꽃등이 멈추었을 거기
어디쯤에
　　　　　　　　　　　— 「화장 — 갠지스 강 · 2」 전문

"한때 뜨겁거나 차가웠던 육신"에는 삶의 모든 것들이 담
겨 있지만 '화장'은 그 육신을 세상에서 가장 빨리 없애버린
다. 번뇌의 집이었던 육신이 장작 더미에 올려지고 불꽃 연기
로 사라져가는 순간 이 생에서의 흔적들도 지워진다. 시인은
갠지스 강에서 우리의 육신이 연기로 사라지는 것을 보고 있

다. 흐르는 강물이 존재를 지우는 "묘혈이 되"는 것을 바라보며 산 자들은 강물에 젖는다. 시인이 "건너온 생의 궤적들 쓸어 모아 강물에 푼다". 모든 집착과 번뇌가 "카르마"임을 알기 때문이다. 인생이란 "멸절로 가는 길"이며 우리의 존재는 잠시 피어난 꽃등일 뿐이다. 탄생과 죽음으로 "만남이 이별"이 되는 '회자정리', 아름다운 꽃등도 언젠가는 꺼질 수밖에 없는 무상함을 김민재 시인은 갠지스 강 앞에서 대면하고 있는 것이다.

오방색 깃발 아우성치는 대보리사 대탑
육탈한 불경의 깃발 따라
나 여기 당도하였습니다
중생이 해탈의 경지에 오른다는 바람의 경전
공중에서 반짝입니다

청색은 자비의 모발이요
황색은 중도의 몸
적색은 정진의 더운 피
백색은 해탈열반의 치아
주황은 지혜의 가르침 가사로
불교를 상징하는 깃발입니다

붓다의 족적이 새겨진 돌과 금강보좌
꽃 공양에 불법 소복이 쌓였습니다
성도재일 스님과 불자들 나무 자세로 참선 중
보리수 한 잎 파르르 빗자루가 흔적 지웁니다
맨발의 참배객들 불의 정신 담아
햇빛과 바람 쪽으로 오체투지하는

티베트 여인을 바라보다 눈물이 고였습니다
육체의 모든 끝 대리석 바닥에
온몸으로 쓰고 닦는 그녀의 독경
나 평생 가도 만나지 못할
너무 아득해서 닿을 수 없는 길입니다
— 「마하보디 사원에서 온 편지 · 1」 부분

시인은 대보리사 대탑에 당도하였지만 그 도착점은 구도의
시작일 뿐이다. "육체의 모든 끝 대리석 바닥", 그 바닥에서부
터 길을 만들어가는 것이 구도자이고 수행자의 길임을 티베
트 여인이 "온몸으로 쓰고 닦는 독경", 그 고행에서 발견하고
있다. 그 지극함과 간절함으로 눈물이 고이는 시인은 너무나
아득해서 "닿을 수 없는 길"을 응시한다. 이것은 포기와 좌절
이라기보다는 간절한 바라봄이다. 바라본 자는 길을 향해서
발을 내딛는다.

흙먼지에 바람이 들려주는 불경 경청하며 국경을 넘었
다 티랄 강줄기 타고 건너온 찬 공기 몸에 붙어 체온 뺏는
풋 새벽 어둔 길 풀어 마야 데비 사원가는 숲 속 나라는 긴
운하로 법문 풀고 있다 꺼지지 않는 평화의 불길은 먼동이
뜨기 전 지나갔다 수초 밀어내며 일출 살포시 안아주는 호
수 뒤로 맨발의 사원 벽이 두텁다 카메라가 금지된 부처님
탄생 표지석 유리벽에 갇혀 눈 비벼봐도 빛의 굴절로 구겨
진다 푸스카르니 연못 그림자 드리운 무우수 나무로 푸드
덕 거리는 타르초 진리의 문장들 저마다의 음색으로 법문
펼치고 있다 머리는 낙뢰에 주고 브라미 문자 붓다의 탄생

지 몸으로 증명한 아소카 왕 석주 성역 돌아오는 길 견공
한 쌍 뚫어지게 날 본다 한 조각 빵이 남긴 염주알 검은 눈
동자가 금강경 한 구절로 릭샤 왈라 바퀴 속을 돌고 돈다
—「룸비니 동산」 전문

삼라만상이 설법을 한다고 한다. 시인은 "바람이 들려주는
불경 경청"하며 다시 "국경"을 넘는다. 숲 속의 운하도 시인에
게는 법문으로 들리고, 타르초도 "저마다의 음색으로 법문 펼
치"는 소리를 듣는다. 깨달음을 얻은 견자는 세속을 등지는
것이 아니라 다시 부대끼는 삶 속으로 기꺼이 들어온다. 만나
는 대상이 모두 부처가 되기 때문이다. 해서 한 조각 빵도, 견
공의 눈동자도 염주알이 되고 금강경의 구절이 된다. 릭샤 왈
라의 바퀴는 바로 삶의 바퀴이다. 모든 존재의 바퀴인 것이
다. 지금도 생의 바퀴는 돌아가고 있다. 간절한 구도의 길이
란 삶 그 자체이며 매순간 파동치는 심장의 두근거림이다.

이 시집을 읽고 나면 김민재 시인과 함께 오랫동안 여행을
하고 돌아온 느낌이 든다. 시집의 첫 번째 시에서 러시아와
에스토니아의 국경을 넘은 것으로부터 시작하여 끝 작품인
히말라야의 페와호까지 장장의 먼 길을 걸어온 듯 깊은 숨을
쉬게 된다. 시인의 다음 여정은 어떤 곳일까 기다리는 마음으
로 이 글을 맺는다.